O CASAMENTO DA LUA
Contos de amor

aquim Machado de Assis, Lima Barreto, Vinicius de Mo
aniel Galera, Joaquim Machado de Assis, Lima Barreto,
ilton Hatoum, Daniel Galera, Joaquim Machado de
gia Fagundes Telles, Milton Hatoum, Daniel Galera, Jo
endes Campos, Lygia Fagundes Telles, Milton Hatoum
Moraes, Paulo Mendes Campos, Lygia Fagundes Te
ma Barreto, Vinicius de Moraes, Paulo Mendes Campo
achado de Assis, Lima Barreto, Vinicius de Moraes, Pau
alera, Joaquim Machado de Assis, Lima Barreto, Viniciu
atoum, Daniel Galera, Joaquim Machado de Assis, Lima
lles, Milton Hatoum, Daniel Galera, Joaquim Machado
gia Fagundes Telles, Milton Hatoum, Daniel Galera, Jo
endes Campos, Lygia Fagundes Telles, Milton Hatoum
Moraes, Paulo Mendes Campos, Lygia Fagundes Te
ma Barreto, Vinicius de Moraes, Paulo Mendes Campo
achado de Assis, Lima Barreto, Vinicius de Moraes, Pau
alera, Joaquim Machado de Assis, Lima Barreto, Viniciu
atoum, Daniel Galera, Joaquim Machado de Assis, Lima
lles, Milton Hatoum, Daniel Galera, Joaquim Machado
gia Fagundes Telles, Milton Hatoum, Daniel Galera, Jo
endes Campos, Lygia Fagundes Telles, Milton Hatoum
Moraes, Paulo Mendes Campos, Lygia Fagundes Tel
ma Barreto, Vinicius de Moraes, Paulo Mendes Campo
achado de Assis, Lima Barreto, Vinicius de Moraes, Pau
alera, Joaquim Machado de Assis, Lima Barreto, Vinici
ilton Hatoum, Daniel Galera, Joaquim Machado de Ass
mpos, Lygia Fagundes Telles, Milton Hatoum, Danie
nicius de Moraes, Paulo Mendes Campos, Lygia Fagunde
ma Barreto, Vinicius de Moraes, Paulo Mendes Campo
achado de Assis, Lima Barreto, Vinicius de Moraes, Pau

Paulo Mendes Campos

Lygia Fagundes Telles

O casamento da Lua

CONTOS DE AMOR

BOA
COMPANHIA

Copyright © 2012 by os autores

Grafia atualizada segundo o Acordo Ortográfico da Língua Portuguesa de 1990, que entrou em vigor no Brasil em 2009.

Capa e projeto gráfico Retina78
Revisão Jane Pessoa

Dados Internacionais de Catalogação na Publicação (CIP)
(Câmara Brasileira do Livro, SP, Brasil)

O casamento da Lua : contos de amor. — 1ª ed. — São Paulo : Boa Companhia, 2012.

Vários autores.
ISBN 978-85-65771-02-3

1. Contos brasileiros – Coletâneas.

12-09820   CDD-869.9308

Índice para catálogo sistemático:
1. Contos : Coletâneas : Literatura brasileira 869.9308

4ª reimpressão

[2021]
Todos os direitos desta edição reservados à
EDITORA SCHWARCZ S.A.
Rua Bandeira Paulista, 702, cj. 32
04532-002 — São Paulo — SP
Telefone (11) 3707-3500
Fax (11) 3707-3501
www.companhiadasletras.com.br
www.blogdacompanhia.com.br

Sumário

INTRODUÇÃO
7   É o amor

MACHADO DE ASSIS
11   A desejada das gentes

LIMA BARRETO
25   Clara dos Anjos
38   Numa e a ninfa

VINICIUS DE MORAES
49   O casamento da Lua
52   Para viver um grande amor
54   Velha mesa

PAULO MENDES CAMPOS
59   Achando o amor
62   O amor acaba
65   De Gonzaga para Marília
68   Pequenas ternuras
70   A vida, a morte, o amor, o dinheiro

LYGIA FAGUNDES TELLES
75   Herbarium

84 Pomba enamorada ou Uma história de amor

MILTON HATOUM
95 Varandas da Eva
103 Uma estrangeira da nossa rua

DANIEL GALERA
113 Laila

123 Sobre os autores

É O AMOR

O amor é o mais universal e onipresente dos sentimentos: acontece em todas as idades, entre pais e filhos, namorados, amigos, entre humanos e animais, e que atire a primeira pedra quem nunca "viveu um grande amor" etc. e tal. Ele também move montanhas e costuma gerar comportamentos incomuns — e por isso dá margem a infinitos e variadíssimos contos.

Nesta antologia, há meninas que vivem paixões platônicas por primos mais velhos; adolescentes que se encontram e se desencontram ao longo da vida movendo-se pelo sentimento que sentem um por outro; mulheres que só aceitam se casar à beira da morte; meninas inocentes que se apaixonam por vigaristas descompromissados; paixões que evidenciam questões raciais; meninos que amam pássaros; um homem que é louco pelo nome de uma mulher; uma certa Lua que se apaixona perdidamente pelo planeta Terra e se torna cada vez mais pálida e avoada; amores frustrados pela timidez, entre demais suspiros e taquicardias.

É o momento de abrir o coração e acompanhar narrativas de estilos variados, escutar as vozes de grandes autores, e identificar o maior sentimento do mundo nos mais diferentes lugares.

MACHADO DE ASSIS

A DESEJADA DAS GENTES

— Ah! conselheiro, aí começa a falar em verso.

— Todos os homens devem ter uma lira no coração, — ou não sejam homens. Que a lira ressoe a toda a hora, nem por qualquer motivo, não o digo eu; mas de longe em longe, e por algumas reminiscências particulares... Sabe por que é que lhe pareço poeta, apesar das Ordenações do Reino e dos cabelos grisalhos? é porque vamos por esta Glória adiante, costeando aqui a Secretaria de Estrangeiros... Lá está o outeiro célebre... Adiante há uma casa...

— Vamos andando.

— Vamos... Divina Quintília! Todas essas caras que aí passam são outras, mas falam-me daquele tempo, como se fossem as mesmas de outrora; é a lira que ressoa, e a imaginação faz o resto. Divina Quintília!

— Chamava-se Quintília? Conheci de vista, quando andava na Escola de Medicina, uma linda moça com esse nome. Diziam que era a mais bela da cidade.

— Há de ser a mesma, porque tinha essa fama. Magra e alta?

— Isso. Que fim levou?

— Morreu em 1859. Vinte de abril. Nunca me há de esquecer esse dia. Vou contar-lhe um caso interessante para mim, e creio que também para o senhor. Olhe, a casa era aquela... Morava com um tio, chefe de esquadra reformado; tinha outra casa no Cosme Velho. Quando conheci Quintília... Que idade pensa que teria, quando a conheci?

— Se foi em 1855...

— Em 1855.

— Devia ter vinte anos.

— Tinha trinta.

— Trinta?

— Trinta anos. Não os parecia, nem era nenhuma inimiga que lhe dava essa idade. Ela própria a confessava e até com afetação. Ao contrário, uma de suas amigas afirmava que Quintília não passava dos vinte e sete; mas como ambas tinham nascido no mesmo dia, dizia isso para diminuir-se a si própria.

— Mau, nada de ironias; olhe que a ironia não faz boa cama com a saudade.

— Que é a saudade senão uma ironia do tempo e da fortuna? Veja lá; começo a ficar sentencioso. Trinta anos; mas em verdade não os parecia. Lembra-se bem que era magra e alta; tinha os olhos, como eu então dizia, que pareciam cortados da capa da última noite, mas apesar de noturnos, sem mistérios nem abismos. A voz era brandíssima, um tanto apaulistada, a boca larga, e os dentes, quando ela simplesmente falava, davam-lhe à boca um ar de riso. Ria também, e foram os risos dela, de parceria com os olhos, que me doeram muito durante certo tempo.

— Mas se os olhos não tinham mistérios...

— Tanto não os tinham que cheguei ao ponto de supor que

eram as portas abertas do castelo, e o riso o clarim que chamava os cavaleiros. Já a conhecíamos, eu e o meu companheiro de escritório, o João Nóbrega, ambos principiantes na advocacia, e íntimos como ninguém mais; mas nunca nos lembrou namorá-la. Ela andava então no galarim; era bela, rica, elegante, e da primeira roda. Mas um dia, no antigo Teatro Provisório, entre dois atos dos *Puritanos*, estando eu num corredor, ouvi um grupo de moços que falavam dela, como de uma fortaleza inexpugnável. Dois confessaram haver tentado alguma coisa, mas sem fruto; e todos pasmavam do celibato da moça, que lhes parecia sem explicação. E chalaceavam: um dizia que era promessa até ver se engordava primeiro; outro que estava esperando a segunda mocidade do tio para casar com ele; outro que provavelmente encomendara algum anjo ao porteiro do céu; trivialidades que me aborreceram muito, e da parte dos que confessavam tê-la cortejado ou amado, achei que era uma grosseria sem nome. No que eles estavam todos de acordo é que ela era extraordinariamente bela; aí foram entusiastas e sinceros.

— Oh! ainda me lembro!... era muito bonita.

— No dia seguinte, ao chegar ao escritório, entre duas causas que não vinham, contei ao Nóbrega a conversação da véspera. Nóbrega riu-se do caso, refletiu, e depois de dar alguns passos, parou diante de mim, olhando, calado. — Aposto que a namoras? perguntei-lhe. — Não, disse ele; nem tu? Pois lembrou-me uma coisa: vamos tentar o assalto à fortaleza? Que perdemos com isso? Nada; ou ela nos põe na rua, e já podemos esperá-lo, ou aceita um de nós, e tanto melhor para o outro que verá o seu amigo feliz.
— Estás falando sério? — Muito sério. — Nóbrega acrescentou que não era só a beleza dela que a fazia atraente. Note que ele tinha a presunção de ser espírito prático, mas era principalmente

um sonhador que vivia lendo e construindo aparelhos sociais e políticos. Segundo ele, os tais rapazes do teatro evitavam falar dos bens da moça, que eram um dos feitiços dela, e uma das causas prováveis da desconsolação de uns e dos sarcasmos de todos. E dizia-me: — Escuta, nem divinizar o dinheiro, nem também bani--lo; não vamos crer que ele dá tudo, mas reconheçamos que dá alguma coisa e até muita coisa, — este relógio, por exemplo. Combatamos pela nossa Quintília, minha ou tua, mas provavelmente minha, porque sou mais bonito que tu.

— Conselheiro, a confissão é grave; foi assim brincando...?

— Foi assim brincando, cheirando ainda aos bancos da academia, que nos metemos em negócio de tanta ponderação, que podia acabar em nada, mas deu muito de si. Era um começo estouvado, quase um passatempo de crianças, sem a nota da sinceridade; mas o homem põe e a espécie dispõe. Conhecíamo-la, posto não tivéssemos encontros frequentes; uma vez que nos dispusemos a uma ação comum, entrou um elemento novo na nossa vida, e dentro de um mês estávamos brigados.

— Brigados?

— Ou quase. Não tínhamos contado com ela, que nos enfeitiçou a ambos, violentamente. Em algumas semanas já pouco falávamos de Quintília, e com indiferença; tratávamos de enganar um ao outro e dissimular o que sentíamos. Foi assim que as nossas relações se dissolveram, no fim de seis meses, sem ódio, nem luta, nem demonstração externa, porque ainda nos falávamos, onde o acaso nos reunia; mas já então tínhamos banca separada.

— Começo a ver uma pontinha do drama...

— Tragédia, diga tragédia; porque daí a pouco tempo, ou por desengano verbal que ela lhe desse, ou por desespero de vencer,

Nóbrega deixou-me só em campo. Arranjou uma nomeação de juiz municipal lá para os sertões da Bahia, onde definhou e morreu antes de acabar o quatriênio. E juro-lhe que não foi o inculcado espírito prático de Nóbrega que o separou de mim; ele, que tanto falara das vantagens do dinheiro, morreu apaixonado como um simples Werther.

— Menos a pistola.

— Também o veneno mata; e o amor de Quintília podia dizer-se alguma coisa parecido com isso; foi o que o matou, e o que ainda hoje me dói... Mas, vejo pelo seu dito que o estou aborrecendo...

— Pelo amor de Deus. Juro-lhe que não; foi uma graçola que me escapou. Vamos adiante, conselheiro; ficou só em campo.

— Quintília não deixava ninguém estar só em campo, — não digo por ela, mas pelos outros. Muitos vinham ali tomar um cálix de esperanças, e iam cear a outra parte. Ela não favorecia a um mais que a outro; mas era lhana, graciosa e tinha essa espécie de olhos derramados que não foram feitos para homens ciumentos. Tive ciúmes amargos, e, às vezes, terríveis. Todo argueiro me parecia um cavaleiro, e todo cavaleiro um diabo. Afinal acostumei-me a ver que eram passageiros de um dia. Outros me metiam mais medo, eram os que vinham dentro da luva das amigas. Creio que houve duas ou três negociações dessas, mas sem resultado. Quintília declarou que nada faria sem consultar o tio, e o tio aconselhou a recusa, — coisa que ela sabia de antemão. O bom velho não gostava nunca da visita de homens, com receio de que a sobrinha escolhesse algum e casasse. Estava tão acostumado a trazê-la ao pé de si, como uma muleta da velha alma aleijada, que temia perdê-la inteiramente.

— Não seria essa a causa da isenção sistemática da moça?

— Vai ver que não.

— O que noto é que o senhor era mais teimoso que os outros...

— ... Iludido, a princípio, porque no meio de tantas candidaturas malogradas, Quintília preferia-me a todos os outros homens e conversava comigo mais largamente e mais intimamente, a tal ponto que chegou a correr que nos casávamos.

— Mas conversavam de quê?

— De tudo o que ela não conversava com os outros; e era de fazer pasmar que uma pessoa tão amiga de bailes e passeios, de valsar e rir, fosse comigo tão severa e grave, tão diferente do que costumava ou parecia ser.

— A razão é clara: achava a sua conversação menos insossa que a dos outros homens.

— Obrigado; era mais profunda a causa da diferença, e a diferença ia se acentuando com os tempos. Quando a vida cá embaixo a aborrecia muito, ia para o Cosme Velho, e ali as nossas conversações eram mais frequentes e compridas. Não lhe posso dizer, nem o senhor compreenderia nada, o que foram as horas que ali passei, incorporando na minha vida toda a vida que jorrava dela. Muitas vezes quis dizer-lhe o que sentia, mas as palavras tinham medo e ficavam no coração. Escrevi cartas sobre cartas; todas me pareciam frias, difusas, ou inchadas de estilo. Demais, ela não dava ensejo a nada; tinha um ar de velha amiga. No princípio de 1857 adoeceu meu pai em Itaboraí; corri a vê-lo, achei-o moribundo. Este fato reteve-me fora da Corte uns quatro meses. Voltei pelos fins de maio. Quintília recebeu-me triste da minha tristeza, e vi claramente que o meu luto passara aos olhos dela...

— Mas que era isso senão amor?

— Assim o cri, e dispus a minha vida para desposá-la. Nisto, adoeceu o tio gravemente. Quintília não ficava só, se ele morresse, porque, além dos muitos parentes espalhados que tinha, morava com ela agora, na casa da rua do Catete, uma prima, dona Ana, viúva; mas, é certo que a afeição principal ia-se embora e nessa transição da vida presente à vida ulterior podia eu alcançar o que desejava. A moléstia do tio foi breve; ajudada da velhice, levou-o em duas semanas. Digo-lhe aqui que a morte dele lembrou-me a de meu pai, e a dor que então senti foi quase a mesma. Quintília viu-me padecer, compreendeu o duplo motivo, e, segundo me disse depois, estimou a coincidência do golpe, uma vez que tínhamos de o receber sem falta e tão breve. A palavra pareceu-me um convite matrimonial; dois meses depois cuidei de pedi-la em casamento. Dona Ana ficara morando com ela e estavam no Cosme Velho. Fui ali, achei-as juntas no terraço, que ficava perto da montanha. Eram quatro horas da tarde de um domingo. Dona Ana, que nos presumia namorados, deixou-nos o campo livre.

— Enfim!

— No terraço, lugar solitário, e posso dizer agreste, proferi a primeira palavra. O meu plano era justamente precipitar tudo, com medo de que cinco minutos de conversa me tirassem as forças. Ainda assim, não sabe o que me custou; custaria menos uma batalha, e juro-lhe que não nasci para guerras. Mas aquela mulher magrinha e delicada impunha-se-me, como nenhuma outra, antes e depois...

— E então?

— Quintília adivinhara, pelo transtorno do meu rosto, o que lhe ia pedir, e deixou-me falar para preparar a resposta. A resposta foi interrogativa e negativa. Casar para quê? Era melhor que ficássemos amigos como dantes. Respondi-lhe que a amizade era, em mim, desde muito, a simples sentinela do amor; não podendo mais contê-lo, deixou que ele saísse. Quintília sorriu da metáfora, o que me doeu, e sem razão; ela, vendo o efeito, fez-se outra vez séria e tratou de persuadir-me de que era melhor não casar. — Estou velha — disse ela; vou em trinta e três anos. — Mas se eu a amo assim mesmo, repliquei, e disse-lhe uma porção de coisas, que não poderia repetir agora. Quintília refletiu um instante; depois insistiu nas relações de amizade; disse que, posto que mais moço que ela, tinha a gravidade de um homem mais velho, e inspirava-lhe confiança como nenhum outro. Desesperançado, dei algumas passadas, depois sentei-me outra vez e narrei-lhe tudo. Ao saber da minha briga com o amigo e companheiro da academia, e a separação em que ficamos, sentiu-se, não sei se diga, magoada ou irritada. Censurou-nos a ambos; não valia a pena que chegássemos a tal ponto. — A senhora diz isso, porque não sente a mesma coisa. — Mas então é um delírio? — Creio que sim; o que lhe afianço é que ainda agora, se fosse necessário, separar-me-ia dele uma e cem vezes; e creio poder afirmar-lhe que ele faria a mesma coisa. Aqui olhou ela espantada para mim, como se olha para uma pessoa cujas faculdades parecem transtornadas; depois abanou a cabeça, e repetiu que fora um erro; não valia a pena. — Fiquemos amigos, disse-me, estendendo a mão. — É impossível; pede-me coisa superior às minhas forças, nunca poderei ver na senhora uma simples amiga; não desejo impor-lhe nada; dir-lhe-ei até que nem mais insisto, porque não aceitaria outra resposta agora. Trocamos ainda algumas palavras, e retirei-me... Veja a minha mão.

— Treme-lhe ainda...

— E não lhe contei tudo. Não lhe digo aqui os aborrecimentos que tive, nem a dor e o despeito que me ficaram. Estava arrependido, zangado, devia ter provocado aquele desengano desde as primeiras semanas; mas a culpa foi da esperança, que é uma planta daninha, que me comeu o lugar de outras plantas melhores. No fim de cinco dias saí para Itaboraí, onde me chamaram alguns interesses do inventário de meu pai. Quando voltei, três semanas depois, achei em casa uma carta de Quintília.

— Oh!

— Abri-a alvoroçadamente; datava de quatro dias. Era longa; aludia aos últimos sucessos, e dizia coisas meigas e graves. Quintília afirmava ter esperado por mim todos os dias, não cuidando que eu levasse o egoísmo até não voltar lá mais, por isso escrevia-me, pedindo que fizesse dos meus sentimentos pessoais e sem eco uma página de história acabada; que ficasse só o amigo, e lá fosse ver a sua amiga. E concluía com estas singulares palavras: "Quer uma garantia? Juro-lhe que não casarei nunca". Compreendi que um vínculo de simpatia moral nos ligava um ao outro; com a diferença que o que era em mim paixão específica, era nela uma simples eleição de caráter. Éramos dois sócios, que entravam no comércio da vida com diferente capital: eu, tudo o que possuía; ela, quase um óbolo. Respondi à carta dela nesse sentido; e declarei que era tal a minha obediência e o meu amor, que cedia, mas de má vontade, porque, depois do que se passara entre nós, ia sentir-me humilhado. Risquei a palavra *ridículo*, já escrita, para poder ir vê-la sem este vexame; bastava o outro.

— Aposto que seguiu atrás da carta? É o que eu faria porque, essa moça, ou eu me engano ou estava morta por casar com o senhor.

— Deixe a sua fisiologia usual; este caso é particularíssimo.

— Deixe-me adivinhar o resto; o juramento era um anzol místico; depois, o senhor, que o recebera, podia desobrigá-la dele, uma vez que aproveitasse com a absolvição. Mas, enfim, correu à casa dela.

— Não corri; fui dois dias depois. No intervalo, respondeu ela à minha carta com um bilhete carinhoso, que rematava com esta ideia: "não fale de humilhação, onde não houve público". Fui, voltei uma e mais vezes e restabeleceram-se as nossas relações. Não se falou em nada; ao princípio, custou-me muito parecer o que era dantes; depois, o demônio da esperança veio pousar outra vez no meu coração; e, sem nada exprimir, cuidei que um dia, um dia tarde, ela viesse a casar comigo. E foi essa esperança que me retificou aos meus próprios olhos, na situação em que me achava. Os boatos de nosso casamento correram mundo. Chegaram aos nossos ouvidos; eu negava formalmente e sério; ela dava de ombros e ria. Foi essa fase da nossa vida a mais serena para mim, salvo um incidente curto, um diplomata austríaco ou não sei quê, rapagão, elegante, ruivo, olhos grandes e atrativos, e fidalgo ainda por cima. Quintília mostrou-se-lhe tão graciosa, que ele cuidou estar aceito, e tratou de ir adiante. Creio que algum gesto meu, inconsciente, ou então um pouco da percepção fina que o céu lhe dera, levou depressa o desengano à legação austríaca. Pouco depois ela adoeceu; e foi então que a nossa intimidade cresceu de vulto. Ela, enquanto se tratava, resolveu não sair, e isso mesmo lhe disseram os médicos. Lá passava eu muitas horas diariamente. Ou elas tocavam, ou jogávamos os três, ou então lia-se alguma coisa; a maior parte das vezes conversávamos somente. Foi então que a estudei muito; escutando as suas leituras vi que os livros puramente amorosos achava-os incompreensíveis, e, se as paixões aí eram violentas, largava-os com tédio. Não falava assim por ignorante; tinha notícia vaga das paixões, e assistira a algumas alheias.

— De que moléstia padecia?

— Da espinha. Os médicos diziam que a moléstia não era talvez recente, e ia tocando o ponto melindroso. Chegamos assim a 1859. Desde março desse ano a moléstia agravou-se muito; teve uma pequena parada, mas para os fins do mês chegou ao estado desesperador. Nunca vi depois criatura mais enérgica diante da iminente catástrofe; estava então de uma magreza transparente, quase fluida; ria, ou antes, sorria apenas, e vendo que eu escondia as minhas lágrimas, apertava-me as mãos agradecida. Um dia, estando só com o médico, perguntou-lhe a verdade; ele ia mentir; ela disse-lhe que era inútil, que estava perdida. — Perdida, não, murmurou o médico. — Jura que não estou perdida? — Ele hesitou, ela agradeceu-lho. Uma vez certa que morria, ordenou o que prometera a si mesma.

— Casou com o senhor, aposto?

— Não me relembre essa triste cerimônia; ou antes, deixe-me relembrá-la, porque me traz algum alento do passado. Não aceitou recusas nem pedidos meus; casou comigo à beira da morte. Foi no dia 18 de abril de 1859. Passei os últimos dois dias, até 20 de abril, ao pé da minha noiva moribunda, e abracei-a pela primeira vez, feita cadáver.

— Tudo isso é bem esquisito.

— Não sei o que dirá a sua fisiologia. A minha, que é de profano, crê que aquela moça tinha ao casamento uma aversão puramente física. Casou meio defunta, às portas do nada. Chame-lhe monstro, se quer, mas acrescente divino.

LIMA BARRETO

CLARA DOS ANJOS

A Andrade Muricy

O carteiro Joaquim dos Anjos não era homem de serestas e serenatas, mas gostava de violão e de modinhas. Ele mesmo tocava flauta, instrumento que já foi muito estimado, não o sendo tanto atualmente como outrora. Acreditava-se até músico, pois compunha valsas, tangos e acompanhamentos para modinhas.

Aprendera a "artinha" musical na terra de seu nascimento, nos arredores de Diamantina, e a sabia de cor e salteado; mas não saía daí.

Pouco ambicioso em música, ele o era também nas demais manifestações de sua vida. Empregado de um advogado famoso, sempre quisera obter um modesto emprego público que lhe desse direito à aposentadoria e ao montepio, para a mulher e a filha. Conseguira aquele de carteiro, havia quinze para vinte anos, com o qual estava muito contente, apesar de ser trabalhoso e o ordenado ser exíguo.

Logo que foi nomeado, tratou de vender as terras que tinha no local de seu nascimento e adquirir aquela casita de subúrbio, por preço módico, mas, mesmo assim, o dinheiro não chegara e o resto pagou ele em prestações. Agora, e mesmo há vários anos, estava de plena posse dela. Era simples a casa. Tinha dois quartos, um que dava para a sala de visitas e outro, para a de jantar. Correspondendo a um terço da largura total da casa, havia nos fundos um puxadito que era a cozinha. Fora do corpo da casa, um barracão para banheiro, tanque etc.; e o quintal era de superfície razoável, onde cresciam goiabeiras maltratadas e um grande tamarineiro copado.

A rua desenvolvia-se no plano e, quando chovia, encharcava que nem um pântano; entretanto, era povoada e dela se descortinava um lindo panorama de montanhas que pareciam cercá-la de todos os lados, embora a grande distância. Tinha boas casas a rua. Havia até uma grande chácara de outros tempos com aquela casa característica de velhas chácaras de longa fachada, de teto acaçapado, forrada de azulejos até a metade do pé-direito, um tanto feia, é fato, sem garridice, mas casando-se perfeitamente com as anosas mangueiras, com as robustas jaqueiras e com todas aquelas grandes e velhas árvores que, talvez, os que as plantaram, não tivessem visto frutificar.

Por aqueles tempos, nessa chácara, se haviam estabelecido as "bíblias". Os seus cânticos, aos sábados, quase de hora em hora, enchiam a redondeza. O povo não os via com hostilidade, mesmo alguns humildes homens e pobres raparigas simpatizavam com eles, porque, justificavam, não eram como os padres que, para tudo, querem dinheiro.

Chefiava os protestantes um americano, Mr. Sharp, homem tenaz e cheio de uma eloquência bíblica que devia ser magnífica em inglês; mas que, no seu duvidoso português, se fazia simplesmente pitoresca. Era Sharp daquela raça curiosa de *yankees* que, de quando em quando, à luz da interpretação de um ou mais versículos da Bíblia, fundam seitas cristãs, propagam-nas, encontram adeptos logo, os quais não sabem bem por que foram para a nova e qual a diferença que há entre esta e a de que vieram.

Fazia prosélitos e, quando se tratava de iniciar uma turma, os noviços dormiam em barracas de campanha, erguidas no eirado da chácara ou entre as suas velhas árvores maltratadas e desprezadas. As cerimônias preparatórias duravam uma semana, cheia de cânticos divinos; e a velha propriedade, com as suas barracas e salmodias, adquiria um aspecto esquisito de convento ao ar livre de mistura com um certo ar de acampamento militar.

Da redondeza, poucos eram os adeptos ortodoxos; entretanto, muitos lá iam por mera curiosidade ou para deliciar-se com a oratória de Mr. Sharp.

Iam sem nenhuma repugnância, pois é próprio do nosso pequeno povo fazer um extravagante amálgama de religiões e crenças de toda sorte, e socorrer-se desta ou daquela, conforme os transes de sua existência. Se se trata de afastar atrasos de vida, apela para a feitiçaria; se se trata de curar uma moléstia tenaz e resistente, procura o espírita; mas não falem à nossa gente humilde em deixar de batizar o filho pelo sacerdote católico, porque não há quem não se zangue: Meu filho ficar pagão! Deus me defenda!

Joaquim não fazia exceção desta regra e sua mulher, a Engrácia, ainda menos.

Eram casados há quase vinte anos, mas só tinham uma filha, a Clara. O carteiro era pardo claro, mas com cabelo ruim, como se diz; a mulher, porém, apesar de mais escura, tinha o cabelo liso.

Na tez, a filha puxava o pai; e no cabelo, à mãe. Na estatura, ficara entre os dois. Joaquim era alto, bem alto, acima da média, ombros quadrados; a mãe, não sendo muito baixa, não alcançava a média, possuindo uma fisionomia miúda, mas regular, o que não acontecia com o marido que tinha o nariz grosso, quase chato. A filha, a Clara, tinha ficado em tudo entre os dois; média deles, era bem a filha de ambos. Habituada às musicatas do pai, crescera cheia de vapores das modinhas e enfumaçara a sua pequena alma de rapariga pobre com os dengues e a melancolia dos descantes e cantarolas.

Com dezessete anos, tanto o pai como a mãe tinham por ela grandes desvelos e cuidados. Mais depressa ia Engrácia à venda de "seu" Nascimento, buscar isto, ou aquilo, do que ela [sic]. Não que a venda de "seu" Nascimento fosse lugar de badernas; ao contrário: as pessoas que lá faziam "ponto" eram de todo o respeito. O Alípio, uma delas, era um tipo curioso de rapaz, que, conquanto pobre, não deixava de ser respeitador e bem-comportado.

Tinha um aspecto de galo de briga; entretanto, estava longe de possuir a ferocidade repugnante desses galos malaios de apostas, não possuindo — é preciso saber — nenhuma.

Um outro que aparecia sempre lá era um inglês, Mr. Persons, desenhista de uma grande oficina mecânica das imediações. Quando saía do trabalho, passava na venda, lá se sentava naqueles característicos tamboretes de abrir e fechar, e deixava-se ficar até ao anoitecer bebericando ou lendo os jornais do senhor Nascimento. Silencioso quase taciturno, pouco conversava e implicava muito com quem o tratava por Seu Mister.

Havia lá também o filósofo Meneses, um velho hidrópico, que se tinha na conta de sábio, mas que não passava de um simples dentista clandestino, e dizia tolices sobre todas as coisas. Era um velho branco, simpático, com um todo de imperador romano, barbas alvas e abundantes.

Aparecia, às vezes, o J. Amarante, um poeta, verdadeiramente poeta, que tivera o seu momento de celebridade em todo o Brasil, se ainda não a tem; mas que, naquela época, devido ao álcool e a desgostos íntimos, era uma triste ruína de homem, apesar dos seus dez volumes de versos, dez sucessos, com os quais todos ganharam dinheiro menos ele. Amnésico, semi-imbecilizado, não seguia uma conversa com tino e falava desconexamente. O subúrbio não sabia bem quem ele era; chamava-o muito simplesmente — o poeta.

Um outro frequentador da venda era o velho Valentim, um português dos seus sessenta anos e pouco, que tinha o corpo curvado para diante, devido ao hábito contraído no seu ofício de chacareiro que já devia exercer há mais de quarenta. Contava "casos" e anedotas de sua terra, pontilhando tudo de rifões portugueses do mais saboroso pitoresco.

Apesar de ser assim decente, Clara não ia à venda; mas o pai, em alguns domingos, permitia que fosse com as amigas ao cinema do Méier ou Engenho de Dentro, enquanto ele e alguns amigos ficavam em casa tocando violão, cantando modinhas e bebericando parati.

Pela manhã, logo nas primeiras horas, os companheiros apareciam, tomavam café, iam em seguida para o quintal, para debaixo do tamarineiro, jogar a bisca, com o litro de cachaça ao lado; e aí, sem dar uma vista-d'olhos sobre as montanhas circundantes, nuas, empedrouçadas, deixavam-se ficar até à hora do "ajantarado" que a mulher e a filha preparavam.

Só depois deste é que as cantorias começavam.

Certo dia, um dos companheiros dominicais do Joaquim pediu-lhe licença para trazer, no dia do aniversário dele, que estava próximo, um rapaz de sua amizade, o Júlio Costa, que era um exímio cantor de modinhas. Acedeu. Veio o dia da festa e o famoso trovador apareceu. Branco, sardento, insignificante, de rosto e de corpo, não tinha as tais melenas denunciadoras, nem outro qualquer traço de capadócio. Vestia-se seriamente com um apuro muito suburbano, sob a tesoura de alfaiate de quarta ordem. A única pelintragem adequada ao seu mister que apresentava consistia em trazer o cabelo repartido no alto da cabeça, dividido muito exatamente pelo meio. Acompanhava-o o violão. A sua entrada foi um sucesso.

Todas as moças das mais diferentes cores que, aí, a pobreza harmonizava e esbatia, logo o admiraram. Nem César Bórgia, entrando mascarado, num baile à fantasia dado por seu pai, no Vaticano, causaria tanta emoção.

Afirmavam umas para as outras:

— É ele! É ele, sim!

Os rapazes, porém, não ficaram muito contentes com isto; e, entre eles, puseram-se a contar histórias escabrosas da vida galante do cantor de modinhas.

Apresentado aos donos da casa e à filha, ninguém notou o olhar guloso que deitou para os seios empinados de Clara.

O baile começou com a música de um "terno" de flauta, cavaquinho e violão. A polca era a dança preferida e quase todos a dançavam com requebros próprios de samba.

Num intervalo Joaquim convidou:

— Por que não canta, "seu" Júlio?

— Estou sem voz, respondeu ele.

Até ali, ele tinha tomado parte no "remo"; e, repinicando as cordas, não deixava de devorar com os olhos os bamboleios de quadris de Clarinha, quando dançava. Vendo que seu pai convidara o rapaz, animou-se a fazê-lo também:

— Por que não canta, "seu" Júlio? Dizem que o senhor canta tão bem...

Esse "tão bem" foi alongado maciamente. O cantador acudiu logo:

— Qual, minha senhora! São bondades dos camaradas...

Consertou a "pastinha" com as duas mãos, enquanto Clara dizia:

— Cante! Vá!

— Já que a senhora manda, disse ele, vou cantar.

Com todo o dengue, agarrou o violão, fez estalar as cordas e anunciou:

— Amor e sonho.

E começou com uma voz muito alta, quase berrando, a modinha, para depois arrastá-la num tom mais baixo, cheio de mágoa e langor, sibilando os "ss", carregando os "rr" das metáforas horrendas de que estava cheia a cantoria. A coisa era, porém, sincera; e mesmo as comparações estrambóticas levantavam nos singelos cérebros das ouvintes largas perspectivas de sonhos, erguiam desejos, despertavam anseios e visões douradas. Acabou. Os aplausos foram entusiásticos e só Clarinha não aplaudiu, porque, tendo sonhado durante toda a modinha, ficara ainda embevecida quando ela acabou...

Dias depois, vindo à janela por acaso — era de tarde — sem grande surpresa, como se já o esperasse, Clara recebeu o cumprimento do cantor magoado. Não pôs malícia na coisa, tanto assim que disse candidamente à mãe:

— Mamãe, sabe quem passou aí?
— Quem?
— "Seu" Júlio.
— Que Júlio?
— Aquele que cantou nos "anos" de papai.

A vida da casa, após a festança de aniversário do Joaquim, continuou a ser a mesma. Nos domingos, aquelas partidas de bisca com o Eleutério, servente da biblioteca, e com o Augusto, guarda municipal, acompanhadas de copitos de cachaça, e o violão, à tarde. Não tardou que se viesse agregar um novo comensal: era o Júlio Costa, o famoso modinheiro suburbano, amigo íntimo do Augusto e seu professor de trovas.

Júlio quase nunca jantava, pois tinha sempre convites em todos os quatro pontos cardeais daquelas paragens. Tomava parte nas partidas de bisca, de parceirada, e pouco bebia. Apesar de não demorar-se pela tarde adentro, pôde ir cercando a rapariga, a Clara, cujos seios empinados, volumosos e redondos fascinavam-lhe extraordinariamente e excitavam a sua gula carnal insaciável. Em começo foram só olhares que a moça, com os seus úmidos olhos negros, grandes, quase cobrindo toda a esclerótica, correspondia a furto e com medo; depois, foram pequenas frases, galanteios, trocados às escondidas, para, afinal, vir a fatídica carta.

Ela a recebeu, meteu-a no seio e, ao deitar-se, leu-a, sob a luz da vela, medrosa e palpitante. A carta era a coisa mais fantástica, no que diz respeito à ortografia e à sintaxe, que se pode imaginar; tinha, porém, uma virtude: não era copiada do Secretário dos amantes, era original. Contudo a missiva fez estremecer toda a natureza virgem de Clara que, com a sua leitura, sentiu haver nela surgido alguma coisa de novo, de estranho, até ali nunca sentida. Dormiu mal. Não sabia bem o que fazer: se responder, se devolver. Viu o olhar severo do pai; as recriminações da mãe. Ela, porém, precisava casar-se. Não havia de ser toda a vida assim como um cão sem dono... Os pais viriam a morrer e ela não podia ficar pelo mundo desamparada... Uma dúvida lhe veio: ele era branco; ela, mulata...

Mas que tinha isso? Tinham-se visto tantos casos... Lembrou-se de alguns... Por que não havia de ser? Ele falava com tanta paixão... Ofegava, suspirava, chorava; e os seus seios duros estouravam de virgindade e de ansiedade de amar... Responderia; e assim fez, no dia seguinte. As visitas de Costa tornaram-se mais demoradas e as cartas mais constantes. A mãe desconfiou e perguntou à filha:

— Você está namorando "seu" Júlio, Clarinha?
— Eu, mamãe! Nem penso nisso...
— Está, sim! Então não vejo?

A menina pôs-se a chorar; a mãe não falou mais nisso; e Clara, logo que pôde, mandou pelo Aristides, um molecote da vizinhança, uma carta ao modinheiro, relatando o fato.

Júlio morava na estação próxima e a situação de sua família era bem superior à da sua namorada. O seu pai tinha um emprego regular na prefeitura e era, em tudo, diferente do filho. Sisudo, grave, sério, ia até a imponência grotesca do bom funcionário; e não seria capaz de admitir que a namorada do filho dançasse na sua sala. Sua mulher não tinha o ar solene do marido, era, porém, relaxada de modos e hábitos. Comia com a mão, andava descalça, catava intrigas e "novidades" da vizinhança; mas tinha, apesar disso, uma pretensão íntima de ser grande coisa, de uma grande família.

Além do Júlio, tinha três filhas, uma das quais já era adjunta municipal; e, das outras duas, uma estava na Escola Normal e a mais moça cursava o Instituto de Música.

Tiravam muito ao pai, no gênio sobranceiro, no orgulho fofo da família; e tinham ambição de casamentos doutorais. Mercedes, Adelaide e Maria Eugênia, eram esses os nomes, não suportariam de nenhuma forma Clara como cunhada, embora desprezassem soberbamente o irmão pelos seus maus costumes, pelo seu violão, pelos seus plebeus galos de briga e pela sua ignorância crassa.

Pequeno-burguesas, sem nenhuma fortuna, mas, devido à situação do pai e a terem frequentado escolas de certa importância, elas não admitiriam, para Clara, senão um destino: o de criada de servir.

Entretanto, Clara era doce e meiga; inocente e boa, podia-se dizer que era muito superior ao irmão delas pelo sentimento, ficando talvez acima dele pela instrução, conquanto fosse rudimentar, como não podia deixar de ser, dada a sua condição de rapariga pobríssima.

Júlio era quase analfabeto e não tinha poder de atenção suficiente para ler o entrecho de uma fita de cinematógrafo. Muito estúpido, a sua vida mental se cifrava na composição de modinhas delambidas, recheadas das mais estranhas imagens que a sua imaginação erótica, sufocada pelas conveniências, criava, tendo sempre perante seus olhos o ato sexual.

Mais de uma vez, ele se vira a braços com a polícia por causa de defloramento e seduções de menores.

O pai, desde a segunda, recusara intervir; mas a mãe, dona Inês, a custo de rogos, de choro, de apelo — para a pureza de sangue da família —, conseguira que o marido, o capitão Bandeira, procurasse influenciar, a fim de evitar que o filho casasse com uma negrinha de dezesseis anos, a quem o Júlio "tinha feito mal".

Apesar de não ser totalmente má, os seus preconceitos junto à estreiteza da sua inteligência não permitiram ao seu coração que agasalhasse ou protegesse o seu infeliz neto. Sem nenhum remorso, deixou-o por aí, à toa, pelo mundo...

O pai, desgostoso com o filho, largara-o de mão; e quase não se viam. Júlio vivia no porão da casa ou nos fundos da chácara onde tinha gaiolas de galos de briga, o bicho mais hediondo, mais repugnantemente feroz que é dado a olhos humanos ver. Era a sua indústria e o seu comércio, esse negócio de galos e as suas brigas em rinhadeiros.

Barganhava-os, vendia-os, chocava as galinhas, apostava nas rinhas; e com o resultado disso e com alguns cobres que a mãe lhe dava, vivia e obtinha dinheiro para vestir-se. Era o tipo completo do vagabundo doméstico, como há milhares nos subúrbios e em outros bairros do Rio de Janeiro.

A mãe, sempre temendo que se repetissem os seus ajustes de contas com a polícia, esforçava-se sempre por estar ao corrente dos seus amores. Veio a saber do seu último com a Clara e repreendeu-o nos termos mais desabridos. Ouviu-a o filho respeitosamente, sem dizer uma palavra; mas, julgou da boa política relatar, a seu modo, por carta, tudo à namorada. Assim escreveu:

Queridinha, confesso-te que ontem quando recebi a tua carta minha mãe viu e fiquei tão louco que confessei tudo a mamãe que lhe amava muito e fazia por você as maiores violências, ficaram todos contra mim é a razão porque previno-te que não ligues ao que lhe disserem, por isso peço-te que preze bem o meu sofrimento.

Pense bem e veja se estás resolvida a fazer o que lhe pedi na última cartinha.

Saudades e mais saudades deste infeliz que tanto lhe adora e não é correspondido. O teu Júlio.

Clara já estava habituada com a redação e ortografia do seu namorado, mas, apesar de escrever muito melhor, a sua instrução era insuficiente para desprezar um galanteador tão analfabeto. Ainda por cima, a sua fascinação pelo modinheiro e a sua obsessão pelo casamento lhe tiravam toda a capacidade crítica que pudesse ter. A carta produziu o efeito esperado por Júlio. Choro, palpitações, anseios vagos, esperanças nevoentas, vislumbres de céus desconhecidos e encantados — tudo isso aquela carta lhe trouxe, além do halo de dedicação e amor por ela com que Clara fez resplandecer, na imaginação, as pastinhas do violeiro. Daí a dias, fez o prometido, isto é, deixou a janela do quarto aberta para que ele entrasse no aposento. Repetiu a façanha quase todas as noites seguidas, sem que ele se demorasse muito no quarto.

Nos domingos, aparecia, cantava e semelhava que entre ambos não havia nada. Um belo dia, Clara sentiu alguma coisa de estranho no ventre. Comunicou ao namorado. Qual! Não era nada, disse ele.

Era, sim; era o filho. Ela chorou, ele acalmou-a, prometendo casamento. O ventre crescia, crescia...

O cantador de modinhas foi fugindo, deixou de aparecer a miúdo; e Clara chorava. Ainda não lhe tinham percebido a gravidez.

A mãe, porém, com auxílio de certas intimidades próprias de mãe para filha, desconfiou e pô-la em confissão. Clara não pôde esconder, disse tudo; e aquelas duas humildes mulheres choraram abraçadas diante do irremediável... A filha teve uma ideia:

— Mamãe, antes da senhora dizer a papai, deixa-me ir até à casa dele, para falar com a sua mãe?

A velha meditou e aceitou o alvitre:

— Vai!

Clara vestiu-se rapidamente e foi. Recebida com altaneria por uma das filhas, disse que queria falar à mãe de Júlio. Recebeu-a esta rispidamente; mas a rapariga, com toda a coragem e com sangue-frio difícil de crer, confessou-lhe tudo, o seu erro e a sua desdita.

— Mas o que é que você quer que eu faça?

— Que ele se case comigo, fez Clara num só hausto.

— Ora, esta! Você não se enxerga! Você não vê mesmo que meu filho não é para se casar com gente da laia de você! Ele não amarrou você, ele não amordaçou você... Vá-se embora, rapariga! Ora já se viu! Vá!

Clara saiu sem dizer nada, reprimindo as lágrimas, para que na rua não lhe descobrissem a vergonha. Então, ela? Então ela não se podia casar com aquele calaceiro, sem nenhum título, sem nenhuma qualidade superior? Por quê?

Viu bem a sua condição na sociedade, o seu estado de inferioridade permanente, sem poder aspirar à coisa mais simples a que todas as moças aspiram. Para que seriam aqueles cuidados todos de seus pais? Foram inúteis e contraproducentes, pois evitaram que ela conhecesse bem justamente a sua condição e os limites das suas aspirações sentimentais... Voltou para casa depressa. Chegou; o pai ainda não viera.

Foi ao encontro da mãe. Não lhe disse nada; abraçou-a chorando.

A mãe também chorou e, quando Clara parou de chorar, entre soluços, disse:

— Mamãe, eu não sou nada nesta vida.

NUMA E A NINFA

Na rua não havia quem não apontasse a união daquele casal.

Ela não era muito alta, mas tinha uma fronte reta e dominadora, uns olhos de visada segura, rasgando as cabeças, o busto erguido, de forma a possuir não sei que ar de força, de domínio, de orgulho; ele era pequenino, sumido, tinha a barba rala, mas todos lhe conheciam o talento e a ilustração.

Deputado há bem duas legislaturas, não fizera em começo grande figura; entretanto, surpreendendo todos, um belo dia fez um "brilhareto", um lindo discurso tão bom e sólido que toda a gente ficou admirada de sair de lábios que até então ali estiveram hermeticamente fechados.

Foi por ocasião do grande debate que provocou, na Câmara, o projeto de formação de um novo estado, com terras adquiridas por força de cláusulas de um recente tratado diplomático.

Penso que todos os contemporâneos ainda estão perfeitamente lembrados do fervor da questão e da forma por que a oposição e o governo se digladiaram em torno do projeto aparentemente inofensivo. Não convém, para abreviar, relembrar aspectos de uma questão tão dos nossos dias; basta que se recorde o aparecimento de Numa Pompílio de Castro, deputado pelo estado de Sernambi, na tribuna da Câmara, por esse tempo.

Esse Numa, que ficou, daí em diante, considerado parlamentar consumado e ilustrado, fora eleito deputado, graças à influência do seu sogro, o senador Neves Cogominho, chefe da dinastia dos Cogominhos que, desde a fundação da República, desfrutava empregos, rendas, representações, tudo o que aquela mansa satrapia possuía de governamental e administrativo.

A história de Numa era simples. Filho de um pequeno empregado de um hospital militar do Norte, fizera-se, à custa de muito esforço, bacharel em direito. Não que houvesse nele um entranhado amor ao estudo ou às letras jurídicas. Não havia no pobre estudante nada de semelhante a isso. O estudo de tais coisas era-lhe um suplício cruciante; mas Numa queria ser bacharel, para ter cargos e proventos; e arranjou os exames da maneira mais econômica. Não abria livros; penso que nunca viu um que tivesse relação próxima ou remota com as disciplinas dos cinco anos de bacharelado. Decorava apostilas, cadernos; e, com esse saber mastigado, fazia exames e tirava distinções.

Uma vez, porém, saiu-se mal; e foi por isso que não recebeu a medalha e o prêmio de viagem. A questão foi com o arsênico, quando fazia prova oral de medicina legal. Tinha havido sucessivos erros de cópia nas apostilas, de modo que Numa dava como podendo ser encontradas na glândula tireoide dezessete gramas de arsênico, quando se tratam de dezessete centésimos de miligrama.

Não recebeu distinção e o rival passou-lhe a perna. O seu desgosto foi imenso. Ser formado já era alguma coisa, mas sem medalha era incompleto!

Formado em direito, tentou advogar; mas, nada conseguindo, veio ao Rio, agarrou-se à sobrecasaca de um figurão, que o fez promotor da justiça do tal Sernambi, para livrar-se dele.

Aos poucos, com aquele seu faro de adivinhar onde estava o vencedor — qualidade que lhe vinha da ausência total de emoção, de imaginação, de personalidade forte e orgulhosa —, Numa foi subindo.

Nas suas mãos, a justiça estava a serviço do governo; e, como juiz de direito, foi na comarca mais um ditador que um sereno apreciador de litígios.

Era ele juiz de Catimbau, a melhor comarca do estado, depois da capital, quando Neves Cogominho foi substituir o tio na presidência de Sernambi.

Numa não queria fazer mediocremente uma carreira de justiça de roça. Sonhava a Câmara, a Cadeia Velha, a rua do Ouvidor, com dinheiro nas algibeiras, roupas em alfaiates caros, passeio à Europa; e se lhe antolhou, como meio seguro de obter isso, aproximar-se do novo governador, captar-lhe a confiança e fazer-se deputado.

Os candidatos à chefatura de polícia eram muitos, mas ele, de tal modo agiu e ajeitou as coisas, que foi o escolhido.

O primeiro passo estava dado; o resto dependia dele. Veio a posse, Neves Cogominho trouxera a família para o estado. Era uma satisfação que dava aos seus feudatários, pois havia mais de dez anos que lá não punha os pés.

Entre as pessoas da família, vinha a filha, a Gilberta, moça de pouco mais de vinte anos, cheia de prosápias de nobreza, que as irmãs de caridade de um colégio de Petrópolis lhe tinham metido na cabeça.

Numa viu logo que o caminho mais fácil para chegar a seu fim era casar-se com a filha do dono daquela "marca" longínqua do desmedido império do Brasil.

Fez a corte, não deixava a moça, trazia-lhe mimos, encheu as tias (Cogominho era viúvo) de presentes; mas a moça parecia não atinar com os desejos daquele bacharelinho baço, pequenino, feio e tão roceiramente vestido. Ele não desanimou; e, por fim, a moça descobriu que aquele homenzinho estava mesmo apaixonado por ela. Em começo, o seu desprezo foi grande; achava até ser injúria que aquele tipo a olhasse; mas vieram o aborrecimento da vida de província, a sua falta de festas, o tédio daquela reclusão em palácio, aquela necessidade de namoro que há em toda a moça, e ela deu-lhe mais atenção.

Casaram-se, e Numa Pompílio de Castro foi logo eleito deputado pelo estado de Sernambi.

Em começo, a vida de ambos não foi das mais perfeitas. Não que houvesse rusgas; mas, o retraimento dela e a *gaucherie* dele toldavam a vida íntima de ambos.

No casarão de São Clemente, ele vivia só, calado a um canto; e Gilberta, afastada dele, mergulhada na leitura; e, não fosse um acontecimento político de certa importância, talvez a desarmonia viesse a ser completa.

Ela lhe havia descoberto a simulação do talento e o seu desgosto foi imenso porque contava com um verdadeiro sábio, para que o marido lhe desse realce na sociedade e no mundo. Ser mulher de deputado não lhe bastava; queria ser mulher de um deputado notável, que falasse, fizesse lindos discursos, fosse apontado nas ruas.

Já desanimava, quando, uma madrugada, ao chegar da manifestação do senador Euphonias, naquele tempo o mais poderoso chefe da política nacional, quase chorando, Numa dirigiu-se à mulher:

— Minha filha, estou perdido!...
— Mas que há, Numa?
— Ele... O Euphonias...
— Que tem? que há? por quê?

A mulher sentia bem o desespero do marido e tentava soltar-lhe a língua. Numa, porém, estava alanceado e hesitava, vexado em confessar a verdadeira causa do seu desgosto. Gilberta, porém, era tenaz; e, de uns tempos para cá, dera em tratar com mais carinho o seu pobre marido.

Afinal, ele confessou quase em pranto:
— Ele quer que eu fale, Gilberta.
— Mas você fala...
— É fácil dizer... Você não vê que não posso... Ando esquecido... Há tanto tempo... Na faculdade, ainda fiz um ou outro discurso; mas era lá, e eu decorava, depois pronunciava.
— Faz agora o mesmo...
— É... Sim... Mas preciso de ideias... Um estudo sobre o novo estado! Qual!
— Estudando a questão, você terá ideias...

Ele parou um pouco, olhou a mulher demoradamente e lhe perguntou de sopetão:
— Você não sabe aí alguma coisa de história e geografia do Brasil?

Ela sorriu indefinidamente com os seus grandes olhos claros, apanhou com uma das mãos os cabelos que lhe caíam sobre a testa; e depois de ter estendido molemente o braço meio nu sobre a cama, onde a fora encontrar o marido, respondeu:
— Pouco... Aquilo que as irmãs ensinam; por exemplo: que o rio São Francisco nasce na serra da Canastra.

Sem olhar a mulher, bocejando, mas já um tanto aliviado, o legislador disse:

— Você deve ver se arranja algumas ideias, e fazemos o discurso.

Gilberta pregou os seus grandes olhos na armação do cortinado, e ficou assim um bom pedaço de tempo, como a recordar-se. Quando o marido ia para o aposento próximo, despir-se, disse com vagar e doçura:

— Talvez.

Numa fez o discurso e foi um triunfo. Os representantes dos jornais, não esperando tão extraordinária revelação, denunciaram o seu entusiasmo, e não lhe pouparam elogios. O José Vieira escreveu uma crônica; e a glória do representante de Sernambi encheu a cidade. Nos bondes, nos trens, nos cafés, era motivo de conversa o sucesso do deputado dos Cogominhos: — Quem diria, hein? Vá a gente fiar-se em idiotas. Lá vem um dia que eles se saem. Não há homem burro — diziam —, a questão é querer...

E foi daí em diante que a união do casal começou a ser admirada nas ruas. Ao passarem os dois, os homens de altos pensamentos não podiam deixar de olhar agradecidos aquela moça que erguera do nada um talento humilde; e as meninas olhavam com inveja aquele casamento desigual e feliz.

Daí por diante, os sucessos de Numa continuaram. Não havia questão em debate na Câmara sobre a qual ele não falasse, não desse o seu parecer, sempre sólido, sempre brilhante, mantendo a coerência do partido, mas aproveitando ideias pessoais e vistas novas. Estava apontado para ministro e todos esperavam vê-lo na secretaria do largo do Rossio, para que ele pusesse em prática as suas extraordinárias ideias sobre instrução e justiça.

Era tal o conceito de que gozava que a Câmara não viu com

bons olhos furtar-se, naquele dia, ao debate que ele mesmo provocou, dando um intempestivo aparte ao discurso do deputado Cardoso Laranja, o formidável orador da oposição.

Os governistas esperavam que tomasse a palavra e logo esmagasse o adversário; mas não fez isso.

Pediu a palavra para o dia seguinte e o seu pretexto de moléstia não foi bem aceito.

Numa não perdeu tempo: tomou um tílburi, correu à mulher e deu-lhe parte da atrapalhação em que estava. Pela primeira vez, a mulher lhe pareceu com pouca disposição de fazer o discurso.

— Mas, Gilberta, se eu não o fizer amanhã, estou perdido!... E o ministério? Vai-se tudo por água abaixo... Um esforço... É pequeno... De manhã, eu decoro... Sim, Gilberta?

A moça pensou e, ao jeito da primeira vez, olhou o teto com os seus grandes olhos cheios de luz, como a lembrar-se, e disse:

— Faço; mas você precisa ir buscar já, já dois ou três volumes sobre colonização... Trata-se dessa questão, e eu não sou forte. É preciso fingir que se tem leituras disso... Vá!

— E os nomes dos autores?

— Não é preciso... O caixeiro sabe... Vá!

Logo que o marido saiu, Gilberta redigiu um telegrama e mandou a criada transmiti-lo.

Numa voltou com os livros; marido e mulher jantaram em grande intimidade e não sem apreensões. Ao anoitecer, ela recolheu-se à biblioteca e ele ao quarto.

No começo, o parlamentar dormiu bem; mas bem cedo despertou e ficou surpreendido em não encontrar a mulher a seu lado. Teve remorsos. Pobre Gilberta! Trabalhar até àquela hora, para o nome dele, assim obscuramente! Que dedicação! E — coitadinha! — moça ter que empregar o seu tempo em leituras árduas! Que boa mulher ele tinha! Não havia duas... Se não fosse ela... Ah! onde estaria a sua cadeira? Nunca seria candidato a ministro... Vou fazer-lhe uma mesura, disse ele consigo. Acendeu a vela, calçou as chinelas e foi pé ante pé até ao compartimento que servia de biblioteca.

A porta estava fechada; ele quis bater, mas parou a meio. Vozes abafadas... Quem seria? Talvez a Idalina, a criada... Não, não era; era voz de homem. Diabo! Abaixou-se e olhou pelo buraco da fechadura. Quem era? Aquele tipo... Ah! Era o tal primo... Então, era ele, era aquele valdevinhos, vagabundo, sem eira nem beira, poeta sem poesias, frequentador de chopes; então, era ele quem lhe fazia os discursos? Por que preço?

Olhou ainda mais um instante e viu que os dois acabavam de beijar-se. A vista se lhe turvou; quis arrombar a porta; mas logo lhe veio a ideia do escândalo e refletiu. Se o fizesse vinha a coisa a público; todos saberiam do segredo da sua "inteligência" e adeus Câmara, ministério e — quem sabe? — a presidência da República. Que é que se jogava ali? A sua honra? Era pouco. Que se jogava ali eram a sua inteligência, a sua carreira; era tudo! Não, pensou ele de si para si, vou deitar-me.

No dia seguinte, teve mais um triunfo.

VINICIUS DE MORAES

O CASAMENTO DA LUA

O que me contaram não foi nada disso. A mim, contaram-me o seguinte: que um grupo de bons e velhos sábios, de mãos enferrujadas, rostos cheios de rugas e pequenos olhos sorridentes, começaram a reunir-se todas as noites para olhar a Lua, pois andavam dizendo que nos últimos cinco séculos sua palidez tinha aumentado consideravelmente. E de tanto olharem através de seus telescópios, os bons e velhos sábios foram assumindo um ar preocupado e seus olhos já não sorriam mais; puseram-se, antes, melancólicos. E contaram-me ainda que não era incomum vê-los, peripatéticos, a conversar em voz baixa enquanto balançavam gravemente a cabeça.

E que os bons e velhos sábios haviam constatado que a Lua estava não só muito pálida, como envolta num permanente halo de tristeza. E que mirava o Mundo com olhos de um tal langor e dava tão fundos suspiros — ela que por milênios mantivera a mais virginal reserva — que não havia como duvidar: a Lua estava pura e simplesmente apaixonada. Sua crescente palidez, aliada a uma minguante serenidade e compostura no seu noturno nicho, induzia uma só conclusão: tratava-se de uma Lua nova, de uma Lua cheia de amor, de uma Lua que precisava dar. E a Lua queria dar-se justamente àquele de quem era a única escrava e que, com desdenhosa gravidade, mantinha-a confinada em seu espaço próprio, usufruindo apenas de sua luz e dando azo a que ela fosse motivo constante de poemas e canções de seus menestréis, e até mesmo de ditos e graças de seus bufões, para distraí-lo em suas periódicas hipocondrias de madurez.

Pois não é que ao descobrirem que era o Mundo a causa do sofrimento da Lua, puseram-se os bons velhos sábios a dar gritos de júbilo e a esfregar as mãos, piscando-se os olhos e dizendo-se chistes que, com toda a franqueza, não ficam nada bem em homens de saber... Mas o que se há de fazer? Frequentemente, a velhice, mesmo sábia, não tem nenhuma noção do ridículo nos momentos de alegria, podendo mesmo chegar a dançar rodas e sarabandas, numa curiosa volta à infância. Por isso perdoemos aos bons e velhos sábios, que se assim faziam é porque tinham descoberto os males da Lua, que eram males de amor. E males de amor curam-se com o próprio amor — eis o axioma científico a que chegaram os eruditos anciãos, e que escreveram no final de um longo pergaminho crivado de números e equações, no qual fora estudado o problema da crescente palidez da Lua.

Virgens apaixonadas, disseram-se eles, precisam casar-se urgentemente com o objeto de sua paixão. Mas, disseram-se eles ainda, o que pensaria disso o desdenhoso Mundo, preocupado com as suas habituais conquistas? O problema era dos mais delicados, pois não se inculca tão facilmente, em seres soberanos, a ideia de desposarem suas escravas. Todavia, como havia precedentes, a única coisa a fazer era tentar. Do contrário operar-se-ia uma partenogênese na Lua, o que seria em extremo humilhante e sem graça para ela. Não. Proceder-se-ia a uma inseminação artificial, e, uma vez o fato consumado, por força haveria de se abrandar o coração do Mundo.

E assim se fez. Durante meses estudaram os homens de saber, entre seus cadinhos e retortas, e com grande gasto de papel e tinta, o projeto de um lindo corpúsculo seminal que pudesse fecundar a Lua. Um belo dia ei-lo que fica pronto, para gáudio dos bons e velhos sábios, que o festejaram profusamente com danças e bebidas, tendo havido mesmo alguns que, de tão incontinentes, deixaram-se a dormir no chão de seus laboratórios, a roncar como pagãos. Chamaram-no Lunik, como devia ser. E uma noite, em que o Mundo agitado pôs-se a sonhar sonhos eróticos, subitamente partiu ele, o lindo corpúsculo seminal, sequioso e certeiro em direção à Lua, que, em sua emoção pré-nupcial, mostrava com um despudor desconhecido nela as manchas mais capitosas de seu branco corpo à espera. Foi preciso que o Vento, seu antigo guardião, escandalizado, se pusesse a soprar nuvens por todos os lados, com toda a força de suas bochechas, para encobrir o firmamento com véus de bruma, de modo a ocultar a volúpia da Lua expectante, a altear os quartos nas mais provocadoras posições.

Hoje, fecundada, ela voltou finalmente ao céu, serena e radiosa como nunca a vira dantes. Pela expressão com que me olhou, penso que já está grávida. Ou muito me engano, ou amanhã deve estar cheia.

PARA VIVER UM GRANDE AMOR

Para viver um grande amor, preciso é muita concentração e muito siso, muita seriedade e pouco riso — para viver um grande amor.

Para viver um grande amor, mister é ser um homem de uma só mulher; pois ser de muitas, poxa! é de colher... — não tem nenhum valor.

Para viver um grande amor, primeiro é preciso sagrar-se cavalheiro e ser de sua dama por inteiro — seja lá como for. Há que fazer do corpo uma morada onde clausure-se a mulher amada e postar-se de fora com uma espada — para viver um grande amor.

Para viver um grande amor, vos digo, é preciso atenção com o "velho amigo", que porque é só vos quer sempre consigo para iludir o grande amor. É preciso muitíssimo cuidado com quem quer que não esteja apaixonado, pois quem não está, está sempre preparado pra chatear o grande amor.

Para viver um grande amor, na realidade, há que compenetrar-se da verdade de que não existe amor sem fieldade — para viver um grande amor. Pois quem trai seu amor por vanidade é um desconhecedor da liberdade, dessa imensa, indizível liberdade que traz um só amor.

Para viver um grande amor, *il faut*, além de fiel, ser bem conhecedor de arte culinária e de judô — para viver um grande amor.

Para viver um grande amor perfeito, não basta ser apenas bom sujeito; é preciso também ter muito peito — peito de remador. É preciso olhar sempre a bem-amada como a sua primeira namorada e sua viúva também, amortalhada no seu finado amor.

É muito necessário ter em vista um crédito de rosas no florista — muito mais, muito mais que na modista! — para aprazer ao grande amor. Pois do que o grande amor quer saber mesmo, é de amor, é de amor, de amor a esmo; depois, um tutuzinho com torresmo conta ponto a favor...

Conta ponto saber fazer coisinhas: ovos mexidos, camarões, sopinhas, molhos, estrogonofes — comidinhas para depois do amor. E o que há de melhor que ir pra cozinha e preparar com amor uma galinha com uma rica e gostosa farofinha, para o seu grande amor?

Para viver um grande amor é muito, muito importante viver sempre junto e até ser, se possível, um só defunto — pra não morrer de dor. É preciso um cuidado permanente não só com o corpo mas também com a mente, pois qualquer "baixo" seu, a amada sente — e esfria um pouco o amor. Há que ser bem cortês sem cortesia; doce e conciliador sem covardia; saber ganhar dinheiro com poesia — para viver um grande amor.

É preciso saber tomar uísque (com o mau bebedor nunca se arrisque!) e ser impermeável ao diz que diz que — que não quer nada com o amor.

Mas tudo isso não adianta nada, se nesta *selva oscura* e desvairada não se souber achar a bem-amada — para viver um grande amor.

VELHA MESA

É uma velha mesa sobre a qual bato hoje a minha crônica. Pouco mais de um metro por uns quarenta centímetros de largura. Móvel digno, com duas gavetas laterais, um verniz escuro cobria em outros tempos seu jacarandá. Às vezes me dá vontade de parar de escrever, descansar minha cabeça no seu duro regaço e ficar lembrando a infância longínqua.

É uma velha querida mesa. Foi lixada para parecer mais nova, mas mostra ainda por toda parte as rugas que lhe causaram a minha inquietação juvenil. O canivete entalhou fundo em sua carne fibrosa e ainda é possível distinguir nomes de antigas amadas, quase esvanecidos. Lembro de que aqui à direita ficava o teu nome pequeno e louro, ó minha namorada de oito anos. Na ponta esquerda, lá onde existe um nódulo escuro, havia uma cruz assim:

```
A
A M O R
    O
    R
```

— como a prenunciar um eterno suplício. A palavra POESIA gravada em caracteres largos, não mais se vê, mas o pequeno violão desenhado a gilete, com uma clave de sol ao lado, resistiu ao carpinteiro.

Foi esta a única verdadeira mesa de trabalho que jamais tive. Na gaveta da direita guardava os versos de meu pai, minha primeira e maior influência. Meus cadernos de estudo, empilhava-os à esquerda — ah, cadernos meus de geografia com mapas tão cuidadosamente copiados! — e do outro lado alinhava o grande caderno preto da prefeitura, onde passava a limpo meus primeiros versos. A página de guarda mostrava, escrito a tinta, o título *Foederis arca* — *A arca da fé* — e levava, se não me engano, epígrafe de Vigny e um gosto à reticência...

J'écris... pourquoi?...
Je ne sais... parce qu'il faut...

Nessa mesa passou horas infindáveis de amor e poesia um menino com o meu rosto, labutando no verso uma forma ainda hoje não alcançada. E foi nela também que, uma madrugada, a suar sangue, um poetinha de dezoito anos desencantou de uma página em branco o seu primeiro poema original — emoção tão grande como talvez nunca nenhuma.

Doce rever-te, velha mesa, depois de tanto, tanto tempo. Como a ti, andaram me polindo. Há também em mim nomes e símbolos quase indistinguíveis sob a lixa do tempo. Mas não és tu a mesa da infância e da juventude — aquela sobre que gotejaram, no pungente labor do verso e na angústia do amor sozinho, as primeiras lágrimas de um homem que nada sabia e nada sabe senão amar a mulher?

PAULO MENDES CAMPOS

ACHANDO O AMOR

Ele tem quinze anos, calça 42, usa cabelos razoavelmente compridos. Estava num bar do Leblon, na companhia de castigados adultos. Estes tomavam uísque; o rapazinho tomava a segunda coca média. Quando os homens-feitos já tinham falado sobre mulheres, o time do Flamengo, o custo de vida, reviravolta política dum país africano, desastre espetacular no Aterro, música da moda, o Silêncio entrou no bar e empapou tudo como gordura. Um silêncio hepático ou pancreático ou esplenético. O silêncio que intoxica os etílicos. Para agravar o oleoso drama, era aquela hora da noite, já um pouco tarde para o jantar doméstico e ainda um pouco cedo para a irresponsabilidade. O encaroçado *point of no return* dos boêmios.

Aí o jovem disse que estava juntando dinheiro para comprar um sabiá. Talvez não comprasse um sabiá, mas um curió. Ia para o colégio de ônibus porque sempre estava em cima da hora, mas voltava a pé. Não comia sanduíche no recreio. Sabiá tá caro! Vendedor de passarinho tem muito trambique. Ele chateou tanto um, ali naquela lojinha de Ipanema, pedindo abatimento para pintassilgo, que o homem acabou lhe ensinando onde se compra pintassilgo mais barato na cidade. Tinha em casa azulão, canário, bigodinho... Teve bicudo, corrupião, mainá... O triste é que passarinho morre.

Então os etílicos foram buscar passarinhos no fundão do tempo e começaram também a passarinhar. O bar noturno virou um viveiro de cantores e cores. O Silêncio voltou de novo, mais limpo, exorcizado.

O jovem retomou a palavra: o passarinho que mais o entusiasmou a vida toda não cantava nem era dicionário por não saber se o certo era chopim ou chupim.

O chupim põe os ovos em ninho de tico-tico, e é este que cria os filhotes. Tinha descoberto numa árvore da Lagoa Rodrigo de Freitas um ninho de tico-tico com um ovo de chupim. Quando o chupim nasceu, o problema era mantê-lo vivo: arranjou um conta-gotas e, todas as tardes, depois das aulas, subia à árvore e descia alimentos líquidos pela goela do filhote. No momento certo, levou o chupim pra casa. O passarinho não ficava preso pelo menos grande parte do tempo, mas pousando num galho de arbusto decorativo. Saía às vezes para passear com o chupim e a cachorrinha: ele na frente, o chupim andando atrás, a cachorrinha saltitando em torno. Bastava um gesto e um assovio para que o chupim decolasse e viesse pousar em seu ombro. Espetacular! Pouco depois, passou a lançar o passarinho pela janela; ele sumia durante uma ou duas horas, pousando à tarde na amendoeira de defronte; um assovio, e o passarinho entrava pela janela, pousando no ombro do dono. Como um falcão amestrado! Mas era um chupim, um triste e feio chupim!

Uma tarde, quando o passarinho andava lá por fora, caiu a tempestade. O chupim não voltou. Ele ficou à janela até depois de escurecer; mas o chupim não voltou. Esperou ainda durante uma semana, sabendo que esperava sem motivo. Confesso que fiquei triste às pampas, disse o jovem.

Aí o Silêncio que entrou parecia uma enorme bola de sabão, uma coisa que não vale nada, mas que nos inquieta de leve quando se desfaz.

O jovem arrematou: É engraçado, eu senti por aquele chupim um negócio esquisito. Eu não tenho vergonha de dizer pra vocês: chorei por causa do meu chupim... uma coisa profunda mesmo... ora, eu amava aquele chupim... Agora é que tou entendendo: o que eu tinha pelo chupim era amor.

O AMOR ACABA

O amor acaba. Numa esquina, por exemplo, num domingo de lua nova, depois de teatro e silêncio; acaba em cafés engordurados, diferentes dos parques de ouro onde começou a pulsar; de repente, ao meio do cigarro que ele atira de raiva contra um automóvel ou que ela esmaga no cinzeiro repleto, polvilhando de cinzas o escarlate das unhas; na acidez da aurora tropical, depois duma noite votada à alegria póstuma, que não veio; e acaba o amor no desenlace das mãos no cinema, como tentáculos saciados, e elas se movimentam no escuro como dois polvos de solidão; como se as mãos soubessem antes que o amor tinha acabado; na insônia dos braços luminosos do relógio; e acaba o amor nas sorveterias diante do colorido iceberg, entre frisos de alumínio e espelhos monótonos; e no olhar do cavaleiro errante que passou pela pensão; às vezes acaba o amor nos braços torturados de Jesus, filho crucificado de todas as mulheres; mecanicamente, no elevador, como se lhe faltasse energia; no andar diferente da irmã dentro de casa o amor pode acabar; na epifania da pretensão ridícula dos bigodes; nas ligas, nas cintas, nos brincos e nas silabadas femininas; quando a alma se habitua às províncias empoeiradas da Ásia, onde o amor pode ser outra coisa, o amor pode acabar; na compulsão da simplicidade simplesmente; no sábado, depois de três goles mornos de gim à beira da piscina; no filho tantas vezes semeado, às vezes vingado por alguns dias, mas que não floresceu, abrindo parágrafos de ódio inexplicável entre o pólen e o gineceu de duas flores; em apartamentos refrigerados, atapetados, aturdidos de delicadezas, onde há mais encanto que desejo; e o amor acaba na poeira que vertem os crepúsculos, caindo imperceptível no beijo de ir e vir; em salas esmaltadas com sangue, suor e desespero; nos roteiros do tédio para o tédio, na barca, no trem, no ônibus, ida e volta de nada para nada; em cavernas de sala e quarto conjugados o amor se eriça e acaba; no inferno o amor não começa; na usura o amor se dissolve; em Brasília o amor pode virar pó; no Rio, frivolidade; em Belo Horizonte, remorso; em São Paulo, dinheiro; uma carta que chegou depois, o amor acaba; uma carta que chegou antes, e o amor acaba; na descontrolada fantasia da libido; às vezes acaba na mesma música que começou, com o mesmo drinque, diante dos mesmos cisnes; e muitas vezes acaba em ouro e diamante, dispersado entre astros; e acaba nas encruzilhadas de Paris, Londres, Nova York; no coração que se dilata e quebra, e o médico sentencia imprestável para o amor; e acaba no longo périplo, tocando em todos os portos, até se desfazer em mares gelados; e acaba depois que se viu a bruma que veste o mundo; na janela que se abre, na janela que se fecha; às vezes não acaba e é simplesmente esquecido como um espelho de bolsa, que continua reverberando sem razão até que alguém, humilde, o carregue consigo; às vezes o amor acaba como se fora melhor nunca ter existido; mas pode acabar com doçura e esperança; uma palavra, muda ou articulada, e acaba o amor; na verdade; o álcool; de manhã, de tarde, de noite; na floração excessiva da primavera; no abuso do verão; na dissonância do outono; no conforto do inverno; em todos os lugares o amor acaba; a qualquer hora o amor acaba; por qualquer motivo o amor acaba; para recomeçar em todos os lugares e a qualquer minuto o amor acaba.

DE GONZAGA PARA MARÍLIA

Era uma vez, Marília, um homem que não podia esquecer, nem esconder bem escondido, um nome de mulher. Era um homem doido por essa mulher. Por isso não podia esquecer, nem esconder-lhe bem escondido, o nome. E como ele precisasse escrever de vez em quando o nome dela, passou a fazê-lo em pedaços de papel, mas entre aspas disfarçadas, como se fosse o nome de qualquer edifício ou dum navio. Depois, Marília, começou a usar cedilhas impertinentes, acentos impróprios, barbaridades ortográficas, inversões de letras, interrogações patéticas, reticências dubidativas... Mas, *ça va de soi*, Marília, não bastava, e ele costurou o nome por entre o forro do casaco. Sim, costurou. Mas o nome começou a reluzir por toda parte: no teatro, nas páginas do crime, nas colunas sociais, nos letreiros de cinema, nos artigos de perfumaria, nas latas de conservas...

O homem doido por uma mulher estava, Marília, ficando era doido de todo. Pelo menos, era o que diziam os vizinhos e os colegas.

E ele continuava a esconder o nome dela. Mas, se o escondia nas calhas, as chuvas cantantes o expulsavam; se o ocultava no espelho do banheiro, com sabão de barba, vinham olhos indiscretos espreitar na fechadura; no seu coração, ah, seu coração era como porta giratória, por onde todos entravam e saíam, sem dar a mínima.

Marília, o homem teve uma ideia: escondeu uma letra do nome dela na areia de Copacabana, outra na estação do Rocha, outra em Del Castilho, num tronco de goiabeira, outra no lodo duma piscina em Friburgo, outra num programa de cinema, outra no belvedere de dona Marta, de onde se avista o Rio todo com assombro, Marília. Mas os ventos da cidade juntaram os fragmentos, e um avião no céu escreveu todo o nome com uma fumaça linda, e a televisão lançou um novo chocolate com o nome. Com o nome dela, Marília! Ele passou a ficar mais cauteloso. Só lhe escrevia o nome ao revés, nos banheiros sombrios dos quartos de hotel, no meio da noite, com um cigarro aceso, se por perto não passava ninguém.

Ih, numa linda manhã, o nome apareceu escrito na testa mesmo do homem, com as letras todas lá, fluorescentes, como um posto de gasolina na beira da estrada. O homem saiu correndo muito tempo, para muito longe, e chorou demais, e esfregou a testa, primeiro com areia, depois com seixos miúdos, depois até com cascalho grosso, e só voltou para casa um pouco antes do amanhecer, pálido, pálido, sem um dedo de pele na testa. Mas dessa vez ele dormiu, de tão cansado e triste, e nem sonhou.

No dia seguinte, Marília, sabe o que aconteceu? Quando ele sentou na cadeira do barbeiro, o nome estava de novo na cara, agora escrito em cima do lábio, como um bigode maluco. Para esconder o nome, ele deixou crescer um bigode de verdade, como o bigode de seu avô lisboeta. Quase três semanas descansou. Ao fim desse tempo, horrorizado, viu, viu que a sua mão não lhe obedecia mais, desandando a escrever o nome dela em todos os lugares, no dinheiro que recebia mensalmente no guichê, n'*O Globo*, nas folhas das amendoeiras, nos maços de cigarro, nos cartões de chope, nas toalhas manchadas de restaurante da cidade, nas passagens aéreas de Brasília, nos despachos que enviava à consideração superior. Ele era doido pela mulher, Marília, e tinha medo. Então, ele cavou um buraco bem fundo no fundo do quintal e lá dentro enterrou o nome. Depois rezou. Mas a terra começou a bater de leve como se lá dentro pulasse ainda um gato vivo. O bicho não queria morrer, Marília. E o pobre homem, suando frio, nas noites mais longas, ficava jurando que não sabia o nome dela, que tinha se esquecido, que não sabia, jurava que não sabia, nunca mais. Mas o nome, doído, vivido, revivido, partido em pedacinhos, corroído em ácido, queimado no fogo, afogado no mar alto, o nome renascia, pulsava, brotava, respirava, ardia, ressoava, mexia, o nome. E às quatro horas duma segunda-feira, quando ele batia com dois dedos na máquina um expediente, o nome começou a gritar, todo articulado em sua boca, com suas vogais suaves como o leite, com suas consoantes guturais e fricativas, o nome. Foi-lhe concedida uma licença especial para tratamento de saúde, é claro, e o homem embarcou para Buenos Aires a fim de espairecer, ver se olvidava. Em Buenos Aires, no Palermo Chico, apanhou uma bruta pneumonia e teve febre de quarenta, tomou penicilina, quase morreu de choque anafilático, mas não morreu. Ficou bom, bonzinho. Chegou a namorar a enfermeira, à qual costumava dizer, brincando: *"Hay momentos en que no sé lo que me pasa"*. Depois voltou para o Brasil, reassumiu suas funções, até o chefe veio cumprimentá-lo, e esqueceu completamente o nome.

Só que às vezes ele ainda se lembra.

PEQUENAS TERNURAS

Quem coleciona selos para o sobrinho; quem acorda de madrugada e estremece no desgosto de si mesmo ao lembrar que há muitos anos feriu a quem amava; quem chora no cinema ao ver o reencontro de pai e filho; quem segura sem temor uma lagartixa e lhe faz com os dedos uma carícia; quem se detém no caminho para contemplar a flor silvestre; quem se ri das próprias rugas ou de já não aguentar subir uma escada como antigamente; quem decide aplicar-se ao estudo de uma língua morta depois de um fracasso amoroso; quem procura numa cidade os traços da cidade que passou, quando o que é velho era frescor e novidade; quem se deixa tocar pelo símbolo da porta fechada; quem costura roupas para os lázaros; quem envia bonecas às filhas dos lázaros; quem diz a uma visita pouco familiar, já quebrando a cerimônia com um início de sentimento: "Meu pai só gostava de sentar-se nessa cadeira"; quem manda livros para os presidiários; quem ajuda a fundar um asilo de órfãos; quem se comove ao ver passar de cabeça branca aquele ou aquela, mestre ou mestra, que foi a fera do colégio; quem compra na venda verdura fresca para o canário;

quem se lembra todos os dias de um amigo morto; quem jamais neglicencia os ritos da amizade; quem guarda, se lhe derem de presente, a caneta e o isqueiro que não mais funcionam; quem, não tendo o hábito de beber, liga o telefone internacional no segundo uísque para brincar com amigo ou amiga distante; quem coleciona pedras, garrafas e folhas ressequidas; quem passa mais de quinze minutos a fazer mágicas para as crianças; quem guarda as cartas do noivado com uma fita; quem sabe construir uma boa fogueira; quem entra em ligeiro e misterioso transe diante dos velhos troncos, dos musgos e dos liquens; quem procura decifrar no desenho da madeira o hieróglifo da existência; quem não se envergonha da beleza do pôr do sol ou da perfeição de uma concha; quem se desata em riso à visão de uma cascata; quem não se fecha à flor que se abriu de manhã; quem se impressiona com as águas nascentes, com os transatlânticos que passam, com os olhos dos animais ferozes; quem se perturba com o crepúsculo; quem visita sozinho os lugares onde já foi feliz ou infeliz; quem de repente liberta os pássaros do viveiro; quem sente pena da pessoa amada e não sabe explicar o motivo; quem julga perceber o "pensamento" do boi e do cavalo; todos eles são presidiários da ternura, e, mesmo aparentemente livres como os outros, andarão por toda parte acorrentados, atados aos pequenos amores da grande armadilha terrestre.

A VIDA, A MORTE, O AMOR, O DINHEIRO

A vida — fora de qualquer dúvida.
A morte — fora de esquadro.
O amor — fora do alcance da razão.
O dinheiro — jogado fora.
A vida — fora o que não coube.
A morte — fora dos limites territoriais.
O amor — fora de si.
O dinheiro — fora o que se ficou devendo.
A vida — fora de ordem.
A morte — fora do ar.
O amor — do lado de fora.
O dinheiro — noves fora.
A morte — noves fora nada.
O amor — fora o perigo duma recaída.
O dinheiro — fora os gastos eventuais.
A vida — fora o que der e vier.
A morte — fora o que ainda pode acontecer.
O amor — fora o que passou despercebido.

O dinheiro — fora o imposto de renda.
A vida — fora o que a gente esqueceu.
A morte — fora de qualquer cogitação.
O amor — fora o que nunca se diz para ninguém.
O dinheiro — fora algum reajuste posterior.
A vida — fora o que ficou pelo caminho.
O amor — fora as noites passadas em claro.
A morte — fora de série.
O dinheiro — fora a sobretaxa.
A vida — fora o que isso prejudica a saúde.
O amor — fora o trabalho que dá.
A morte — fora a amolação pra todo mundo.
O dinheiro — fora o que a gente já pagou esses anos todos.
A vida — fora os erros de revisão.
A morte — fora o dinheirão gasto com as flores.
O dinheiro — fora o descontado na fonte.
A vida — fora certas crises de neurastenia.
O amor — fora o que ele/ela não disse.
A morte — fora de qualquer acordo.
O dinheiro — fora os emolumentos.
A vida — fora o que vem nas entrelinhas.
O amor — fora o que se perdeu.
A morte — fora o medo inconsciente.
O dinheiro — fora a pobreza que as pessoas escondem.
A vida — fora o tempo que se passa dormindo.
O amor — fora o tempo que se passa dormindo.
O dinheiro — fora o medo inconsciente.
A vida — fora os emolumentos.
A morte — fora o descontado na fonte.

O amor — fora de qualquer acordo.
O dinheiro — fora o trabalho que dá.
A vida — fora a amolação pra todo mundo.
O amor — fora algum reajuste posterior.
A morte — fora o trabalho que dá.
A vida — fora o imposto de renda.
O amor — noves fora nada.
A morte — fora o que isso prejudica a saúde.
O dinheiro — fora do ar.
A vida — fora a sobretaxa.
O amor — fora o que aconteceu antes.
A morte — fora o que a gente já pagou esses anos todos.
O dinheiro — fora do alcance da razão.
Fora de esquadro.
Fora de qualquer dúvida.

LYGIA FAGUNDES TELLES

HERBARIUM

Todas as manhãs eu pegava o cesto e me embrenhava no bosque, tremendo inteira de paixão quando descobria alguma folha rara. Era medrosa mas arriscava pés e mãos por entre espinhos, formigueiros e buracos de bichos (tatu? cobra?) procurando a folha mais difícil, aquela que ele examinaria demoradamente: a escolhida ia para o álbum de capa preta. Mais tarde faria parte do herbário, ele tinha em casa um herbário com quase duas mil espécies de plantas. "Você já viu um herbário?", ele quis saber.

Herbarium, ensinou-me logo no primeiro dia em que chegou ao sítio. Fiquei repetindo a palavra, *herbarium*. *Herbarium*. Disse ainda que gostar de botânica era gostar de latim, quase todo o reino vegetal tinha denominação latina. Eu detestava latim mas fui correndo desencavar a gramática cor de tijolo escondida na última prateleira da estante, decorei a frase que achei mais fácil e na primeira oportunidade apontei para a formiga saúva subindo na parede: *formica bestiola est*. Ele ficou me olhando. A formiga é um inseto, apressei-me em traduzir. Então ele riu a risada mais gostosa de toda a temporada. Fiquei rindo também, confundida mas contente, ao menos achava alguma graça em mim.

Um vago primo botânico convalescendo de uma vaga doença. Que doença era essa que o fazia cambalear, esverdeado e úmido, quando subia rapidamente a escada ou quando andava mais tempo pela casa?

Deixei de roer as unhas, para espanto da minha mãe que já tinha feito ameaças de cortes de mesada ou proibição de festinhas no grêmio da cidade. Sem resultado. "Se eu contar, ninguém acredita", disse ela quando viu que eu esfregava para valer a pimenta vermelha nas pontas dos dedos. Fiz minha cara inocente: na véspera, ele me advertira que eu podia ser uma moça de mãos feias, "Ainda não pensou nisso?". Nunca tinha pensado antes, nunca me importei com as mãos, mas no instante em que ele fez a pergunta comecei a me importar. E se um dia elas fossem rejeitadas como as folhas defeituosas? Ou banais. Deixei de roer as unhas e deixei de mentir. Ou passei a mentir menos, mais de uma vez ele me falou no horror que tinha por tudo quanto cheirava a falsidade, escamoteação.

Estávamos sentados na varanda. Ele selecionava as folhas ainda pesadas de orvalho quando me perguntou se já tinha ouvido falar em folha persistente. Não? Alisava o tenro veludo de uma malva-maçã. A fisionomia ficou branda quando amassou a folha nos dedos e sentiu o seu perfume. As folhas persistentes duravam até mesmo três anos mas as cadentes amareleciam e se despregavam ao sopro do primeiro vento. Assim a mentira, folha cadente que podia parecer tão brilhante mas de vida breve. Quando o mentiroso olhava para trás, via no final de tudo uma árvore nua. Seca. Mas o ser verdadeiro, esse teria uma árvore farfalhante, cheia de passarinhos — e abriu as mãos para imitar o bater de folhas e asas. Fechei as minhas. Fechei a boca em brasa agora que os tocos das unhas (já crescidas) eram tentação e punição maior. Podia dizer-lhe que justamente por me achar assim apagada é que precisava me cobrir de mentira como se veste um manto fulgurante. Dizer-lhe que diante dele, mais do que diante dos outros, tinha de inventar e fantasiar para obrigá-lo a se demorar em mim como se demorava agora na verbena — será que não percebia essa coisa tão simples?

Chegou ao sítio com suas largas calças de flanela cinza e grosso suéter de lã tecida em trança, era inverno. E era noite. Minha mãe tinha queimado incenso (era sexta-feira) e preparou o Quarto do Corcunda, corria na família a história de um corcunda que se perdeu no bosque e minha bisavó instalou-o naquele quarto que era o mais quente da casa, não podia haver melhor lugar para um corcunda perdido ou para um primo convalescente.

Convalescente do quê? Qual doença tinha ele? Tia Marita, que era alegrinha e gostava de se pintar, respondeu rindo (falava rindo) que nossos chazinhos e bons ares faziam milagres. Tia Clotilde, embutida, reticente, deu aquela sua resposta que servia a qualquer tipo de pergunta: tudo na vida podia se alterar, menos o destino traçado na mão, ela sabia ler as mãos. "Vai dormir feito uma pedra", cochichou tia Marita quando me pediu que lhe levasse o chá de tília. Encontrei-o recostado na poltrona, a manta de xadrez cobrindo-lhe as pernas. Aspirou o chá. E me olhou, "Quer ser minha assistente?", perguntou soprando a fumaça. "A insônia me pegou pelo pé, ando tão fora de forma, preciso que me ajude. A tarefa é colher folhas para a minha coleção, vai juntando o que bem entender que depois seleciono. Por enquanto, não posso me mexer muito, terá que ir sozinha", disse e desviou o olhar úmido para a folha que boiava na xícara. Suas mãos tremiam tanto que a xícara transbordou no pires. É o frio, pensei. Mas continuaram tremendo no dia seguinte que fez sol, amareladas como os esqueletos de ervas que eu catava no bosque e queimava na chama da vela. Mas o que ele tem? perguntei e minha mãe respondeu que mesmo que soubesse não diria, fazia parte de um tempo em que doença era assunto íntimo.

Eu mentia sempre, com ou sem motivo. Mentia principalmente à tia Marita que era bastante tonta. Menos à minha mãe, porque tinha medo de Deus e menos ainda à tia Clotilde que era meio feiticeira e sabia ver o avesso das pessoas. Aparecendo a ocasião, eu enveredava por caminhos os mais imprevistos, sem o menor cálculo de volta. Tudo ao acaso. Mas aos poucos, diante dele, minha mentira começou a ser dirigida, com um objetivo certo. Seria mais simples, por exemplo, dizer que colhi a bétula perto do córrego onde estava o espinheiro. Mas era preciso fazer render o instante em que se detinha em mim, ocupá-lo antes de ser posta de lado como as folhas sem interesse, amontoadas no cesto. Então ramificava os perigos, exagerava as dificuldades, inventava histórias que encompridavam a mentira. Até ser decepada com um rápido golpe de olhar, não com palavras, mas com o olhar ele fazia a hidra verde rolar emudecida enquanto minha cara se tingia de vermelho — o sangue da hidra.

"Agora você vai me contar direito como foi", ele pedia tranquilamente, tocando na minha cabeça. O olhar transparente. Reto. Queria a verdade. E a verdade era tão sem atrativos como a folha da roseira, expliquei-lhe isso mesmo, acho a verdade tão banal como esta folha. Ele me deu a lupa e abriu a folha na palma da mão: "Veja então de perto". Não olhei a folha, que me importava a folha? olhei sua pele ligeiramente úmida, branca como o papel com seu misterioso emaranhado de linhas, estourando aqui e ali em estrelas. Fui percorrendo as cristas e depressões, onde era o começo? Ou o fim? Demorei a lupa num terreno de linhas tão disciplinadas que por elas devia passar o arado, Ih! vontade de deitar minha cabeça nesse chão. Afastei a folha, queria ver apenas os caminhos. O que significa este cruzamento, perguntei e ele me puxou o cabelo: "Também você, menina?!".

Nas cartas do baralho tia Clotilde já lhe desvendara o passado e o presente: "E mais desvendaria", acrescentou ele guardando a lupa no bolso do avental branco, às vezes vestia o avental. O que ela previu? Ora, tanta coisa. De mais importante, só isso, que no fim da semana viria uma amiga buscá-lo, uma moça muito bonita, podia ver até a cor do seu vestido de corte antiquado, verde-musgo. Os cabelos eram compridos, com reflexos de cobre, tão forte o reflexo na palma da mão!

Uma formiga vermelha entrou na greta do lajedo e lá se foi com seu pedaço de folha, veleiro desarvorado soprado pelo vento. Soprei eu também, a formiga é um inseto! gritei, as pernas flexionadas, pendentes os braços para diante e para trás no movimento do macaco, Hi hi! hu hu! hi hi! hu hu! é um inseto! um inseto! repeti rolando no chão. Ele ria e procurava me levantar, você se machuca, menina, cuidado! Cuidado! Fugi para o campo, os olhos desvairados de pimenta e sal, sal na boca, não, não vinha ninguém, tudo loucura, uma louca varrida essa tia, invenção dela, invenção pura, como podia?! Até a cor do vestido, verde-musgo? E os cabelos, uma louca, tão louca como a irmã de cara pintada feito uma palhaça, rindo e tecendo seus tapetinhos, centenas de tapetinhos pela casa, na cozinha, na privada, duas loucas! Lavei os olhos cegos de dor, lavei a boca pesada de lágrimas, os últimos fiapos de unha me queimando a língua, não! Não. Não existia ninguém de cabelo de cobre que no fim da semana ia aparecer para buscá-lo, ele não ia embora nunca mais. Nunca mais! repeti e minha mãe, que viera me chamar para o almoço, acabou se divertindo com a cara de diabo que fiz, disfarçava o medo fazendo caras de medo. E as pessoas se distraíam com essas caras e não pensavam mais em mim.

Quando lhe entreguei a folha de hera com formato de coração (um coração de nervuras trementes se abrindo em leque até as bordas verde-azuladas) ele beijou a folha e levou-a ao peito. Espetou-a na malha do suéter: "Esta vai ser guardada aqui". Mas não me olhou nem mesmo quando saí tropeçando no cesto. Corri até a figueira, posto de observação onde podia ver sem ser vista. Através do rendilhado de ferro do corrimão da escada, ele me pareceu menos pálido. A pele mais seca e mais firme a mão que segurava a lupa sobre a lâmina do espinho-do-brejo. Estava se recuperando, não estava? Abracei o tronco da figueira e pela primeira vez senti que abraçava Deus.

No sábado levantei mais cedo. O sol forcejava a névoa, o dia seria azul quando ele conseguisse rompê-la. "Aonde você vai com esse vestido de maria-mijona?", perguntou minha mãe me dando a xícara de café com leite. "Por que desmanchou a barra?" Desviei sua atenção para a cobra que inventei ter visto no terreno, toda preta com listras vermelhas, seria uma coral? Quando ela correu com a tia para ver, peguei o cesto e entrei no bosque. Como explicar-lhe que descera todas as barras das saias para esconder minhas pernas finas, cheias de marcas de picadas de mosquitos? Numa alegria desatinada fui colhendo as folhas, mordi goiabas verdes, atirei pedras nas árvores, espantando os passarinhos que cochichavam seus sonhos, me machucando de contente por entre a galharia. Corri até o córrego. Alcancei uma borboleta e prendendo-a pelas pontas das asas deixei-a na corola de uma flor, Te solto no meio do mel, gritei-lhe. O que vou receber em troca? Quando perdi o fôlego, tombei de costas nas ervas do chão. Fiquei rindo para o céu de névoa atrás da malha apertada dos ramos. Virei de bruços e esmigalhei nos dedos os cogumelos tão macios que minha boca começou a se encher d'água. Fui avançando de rastros até o pequeno vale de sombra debaixo da pedra. Ali era mais frio e maiores os cogumelos pingando um líquido viscoso dos seus chapéus inchados. Salvei uma abelhinha das mandíbulas de uma aranha, permiti que a saúva gigante arrebatasse a aranha e a levasse na cabeça como uma trouxa de roupa esperneando, mas recuei quando apareceu o besouro de lábio leporino. Por um instante me vi refletida em seus olhos facetados. Fez meia-volta e se escondeu no fundo da fresta. Levantei a pedra: o besouro tinha desaparecido, mas no tufo raso vi uma folha que nunca encontrara antes, única. Solitária. Mas que folha era aquela? Tinha a forma aguda de uma foice, o verde do dorso com pintas vermelhas irregulares como pingos de sangue. Uma pequena foice ensanguentada — foi no que se transformou o besouro? Escondi a folha no bolso, peça principal de um jogo confuso. Essa eu não juntaria às outras folhas, essa tinha que ficar comigo, segredo que não podia ser visto. Nem tocado. Tia Clotilde previa os destinos mas eu podia modificá-los, assim, assim!, e desfiz na sola do sapato o ninho de cupins que se armava debaixo da amendoeira. Fui andando solene porque no bolso onde levara o amor levava agora a morte.

Tia Marita veio ao meu encontro, mais aflita e gaguejante do que de costume. Antes de falar já começou a rir: "Acho que vamos perder nosso botânico, sabe quem chegou? A amiga, a mesma moça que Clotilde viu na mão dele, lembra? Os dois vão embora no trem da tarde, ela é linda como os amores, bem que Clotilde viu uma moça igualzinha, estou toda arrepiada, olha aí, me pergunto como a mana adivinha uma coisa dessas!".

Deixei na escada os sapatos pesados de barro. Larguei o cesto. Tia Marita me enlaçou pela cintura enquanto se esforçava para lembrar o nome da recém-chegada, um nome de flor, como era mesmo? Fez uma pausa para estranhar minha cara branca, e esse brancor de repente? Respondi que voltara correndo, a boca estava seca e o coração fazia um tum-tum tão alto, ela não estava ouvindo? Encostou o ouvido no meu peito e riu se sacudindo inteira, quando tinha minha idade pensa que também não vivia assim aos pulos?

Fui me aproximando da janela. Através do vidro (poderoso como a lupa) vi os dois. Ela sentada com o álbum provisório de folhas no colo. Ele um pouco atrás da cadeira, acariciando-lhe o pescoço e seu olhar era o mesmo que tinha para as folhas escolhidas, a mesma leveza de dedos indo e vindo no veludo da malva-maçã. O vestido não era verde mas os cabelos soltos tinham o reflexo de cobre que transparecera na mão. Quando me viu, veio até a varanda no seu andar calmo. Mas vacilou quando disse que esse era o nosso último cesto, por acaso não tinham me avisado? O chamado era urgente, teriam que voltar nessa tarde. Sentia muito perder tão devotada ajudante, mas um dia, quem sabe?... Precisaria agora perguntar à tia Clotilde em que linha do destino aconteciam os reencontros.

Estendi-lhe o cesto mas ao invés de segurar o cesto, segurou meu pulso: eu estava escondendo alguma coisa, não estava? O que estava escondendo, o quê? Tentei me livrar fugindo para os lados, aos arrancos, não estou escondendo nada, me larga! Ele me soltou mas continuou ali, sem tirar os olhos de mim. Encolhi quando me tocou no braço: "E o nosso trato de só dizer a verdade? Hem? Esqueceu nosso trato?", perguntou baixinho.

Enfiei a mão no bolso e apertei a folha, intacta a umidade pegajosa da ponta aguda, onde se concentravam as nódoas vermelhas. Ele esperava. Eu quis então arrancar a toalha de crochê da mesinha, cobrir com ela a cabeça e fazer micagens, hi hi! hu hu! até vê-lo rir pelos buracos da malha, quis pular da escada e sair correndo em zigue-zague até o córrego, me vi atirando a foice na água, que sumisse na correnteza! Fui levantando a cabeça. Ele continuava esperando, e então? No fundo da sala a moça também esperava numa névoa de ouro, tinha rompido o sol. Encarei-o pela última vez, sem remorso, quer mesmo? Entreguei-lhe a folha.

POMBA ENAMORADA OU UMA HISTÓRIA DE AMOR

Encontrou-o pela primeira vez quando foi coroada princesa no Baile da Primavera e assim que o coração deu aquele tranco e o olho ficou cheio d'água pensou: acho que vou amar ele pra sempre. Ao ser tirada teve uma tontura, enxugou depressa as mãos molhadas de suor no corpete do vestido (fingindo que alisava alguma prega) e de pernas bambas abriu-lhe os braços e o sorriso. Sorriso meio de lado, para esconder a falha do canino esquerdo que prometeu a si mesma arrumar no dentista do Rôni, o doutor Élcio, isso se subisse de ajudante para cabeleireira. Ele disse apenas meia dúzia de palavras, tais como, Você é que devia ser a rainha porque a rainha é uma bela bosta, com o perdão da palavra. Ao que ela respondeu que o namorado da rainha tinha comprado todos os votos, infelizmente não tinha namorado e mesmo que tivesse não ia adiantar nada porque só conseguia coisas a custo de muito sacrifício, era do signo de Capricórnio e os desse signo têm que lutar o dobro pra vencer. Não acredito nessas babaquices, ele disse, e pediu licença pra fumar lá fora, já estavam dançando o bis da "Valsa dos Miosótis" e estava quente pra danar. Ela deu a licença. Antes não desse, diria depois à rainha enquanto voltavam pra casa. Isso porque depois dessa licença não conseguiu mais botar os olhos nele, embora o procurasse por todo o salão e com tal empenho que o diretor do clube veio lhe perguntar o que tinha perdido. Meu namorado, ela disse rindo, quando ficava nervosa, ria sem motivo. Mas o Antenor é seu namorado? estranhou o diretor apertando-a com força enquanto dançavam "Nosotros". É que ele saiu logo depois da valsa, todo atracado com uma escurinha de frente única, informou com ar distraído. Um cara legal mas que não esquentava o rabo em nenhum emprego, no começo do ano era motorista de ônibus, mês passado era borracheiro numa oficina da praça Marechal Deodoro mas agora estava numa loja de acessórios na Guaianases, quase esquina da General Osório, não sabia o número mas era fácil de achar. Não foi fácil assim ela pensou quando o encontrou no fundo da oficina, polindo uma peça. Não a reconheceu, em que podia servi-la? Ela começou a rir, Mas eu sou a princesa do São Paulo Chique, lembra? Ele lembrou enquanto sacudia a cabeça impressionado, Mas ninguém tem este endereço, porra, como é que você conseguiu? E levou-a até a porta: tinha um monte assim de serviço, andava sem tempo pra se coçar mas agradecia a visita, deixasse o telefone, tinha aí um lápis? Não fazia mal, guardava qualquer número, numa hora dessas dava uma ligada, tá? Não deu. Ela foi à Igreja dos Enforcados, acendeu sete velas para as almas mais aflitas e começou a Novena Milagrosa em louvor de santo Antônio, isso depois de telefonar várias vezes só pra ouvir a voz dele. No primeiro sábado em que o horóscopo anunciou um dia maravilhoso para os nativos de Capricórnio, aproveitando a ausência da dona do salão de beleza que saíra para pentear uma noiva, telefonou de novo e dessa vez falou, mas tão baixinho que ele precisou gritar, Fala mais alto, merda, não estou escutando nada. Ela então se assustou com o grito e colocou o fone no gancho, delicadamente. Só se animou com a dose de vermute que o Rôni foi buscar na esquina, e então tentou novamente justo na hora em que houve uma batida na rua e todo mundo foi espiar na janela. Disse que era a princesa do baile, riu quando negou ter ligado outras vezes e convidou-o pra ver um filme nacional muito interessante que estava passando ali mesmo, perto da oficina dele, na São João. O silêncio do outro lado foi tão profundo que o Rôni deu-lhe depressa uma segunda dose, Beba, meu bem, que você está quase desmaiando. Acho que caiu a linha, ela sussurrou apoiando-se na mesa, meio tonta. Senta, meu bem, deixa eu ligar pra você, ele se ofereceu bebendo o resto do vermute e falando com a boca quase colada ao fone: Aqui é o Rôni, coleguinha da princesa, você sabe, ela não está nada brilhante e por isso eu vim falar no lugar dela, nada de grave, graças a Deus, mas a pobre está tão ansiosa por uma resposta, lógico. Em voz baixa, amarrada (assim do tipo de voz dos mafiosos do cinema, a gente sente uma *coisa*, diria o Rôni mais tarde, revirando os olhos) ele pediu calmamente que não telefonassem mais pra oficina porque o patrão estava puto da vida e além disso (a voz foi engrossando) não podia namorar com ninguém, estava comprometido, se um dia me der na telha, EU MESMO TELEFONO, certo? Ela que espere, porra. Esperou. Nesses dias de expectativa, escreveu-lhe catorze cartas, nove sob inspiração romântica e as demais calcadas no livro *Correspondência erótica*, de Glenda Edwin, que o Rôni lhe emprestou com recomendações. Porque agora, querida, a barra é o sexo, se ele (que voz maravilhosa!) é Touro, você tem que dar logo, os de Touro falam muito na lua, nos barquinhos, mas gostam mesmo é de trepar. Assinou Pomba Enamorada, mas na hora de mandar as cartas, rasgou as eróticas, foram só as outras. Ainda durante esse período começou pra ele um suéter de tricô verde, linha dupla (o calor do cão, mas nesta cidade, nunca se sabe) e duas vezes pediu ao Rôni que lhe telefonasse disfarçando a voz, como se fosse o locutor do programa *Intimidade no Ar*, para avisar que em tal e tal horário nobre a Pomba Enamorada tinha lhe dedicado um bolero especial. É muito, muito macho, comentou o Rôni com um sorriso pensativo depois que desligou. E só devido a muita insistência acabou contando que ele bufou de ódio e respondeu que não queria ouvir nenhum bolero do caralho, Diga a ela que viajei, que morri! Na noite em que terminou a novela com o doutor Amândio felicíssimo ao lado de Laurinha, quando depois de tantas dificuldades venceu o amor verdadeiro, ela enxugou as lágrimas, acabou de fazer a barra do vestido novo e no dia seguinte, alegando cólicas fortíssimas, saiu mais cedo pra cercá-lo na saída do serviço. Chovia tanto que quando chegou já estava esbagaçada e com o cílio postiço só no olho esquerdo, o do direito já tinha se perdido no aguaceiro. Ele a puxou pra debaixo do guarda-chuva, disse que estava putíssimo porque o Corinthians tinha perdido e entredentes lhe perguntou onde era seu ponto de ônibus. Mas a gente podia entrar num cinema, ela convidou, segurando tremente no seu braço, as lágrimas se confundindo com a chuva. Na Conselheiro Crispiniano, se não estava enganada, tinha em cartaz um filme muito interessante, ele não gostaria de esperar a chuva passar num cinema? Nesse momento ele enfiou o pé até o tornozelo numa poça funda, duas vezes repetiu, Essa filha da puta de chuva e empurrou-a para o ônibus estourando de gente e fumaça. Antes, falou bem dentro do seu ouvido que não o perseguisse mais porque já não estava aguentando, agradecia a camisa, o chaveirinho, os ovos de Páscoa e a caixa de lenços mas não queria namorar com ela porque estava namorando com outra, Me tire da cabeça, pelo amor de Deus, PELO AMOR DE DEUS! Na próxima esquina, ela desceu do ônibus, tomou condução no outro lado da rua, foi até a Igreja dos Enforcados, acendeu mais treze velas e quando chegou em casa pegou o santo Antônio de gesso, tirou o filhinho dele, escondeu-o na gaveta da cômoda e avisou que enquanto Antenor não a procurasse não o soltava nem lhe devolvia o menino. Dormiu banhada em lágrimas, a meia de lã enrolada no pescoço por causa da dor de garganta, o retratinho de Antenor, três por quatro (que roubou da sua ficha de sócio do São Paulo Chique), com um galhinho de arruda, debaixo do travesseiro. No dia do Baile das Hortênsias, comprou um ingresso para cavalheiro, gratificou o bilheteiro que fazia ponto na Guaianases pra que levasse o ingresso na oficina e pediu à dona do salão que lhe fizesse o penteado da Catherine Deneuve que foi capa do último número de *Vidas Secretas*. Passou a noite olhando para a porta de entrada do baile. Na tarde seguinte comprou o disco *Ave-Maria dos namorados* na liquidação, escreveu no postal a frase que Lucinha diz ao Mário na cena da estação, *Te amo hoje mais do que ontem e menos do que amanhã*, assinou P. E. e depois de emprestar dinheiro do Rôni foi deixar na encruzilhada perto da casa de Alzira o que o Pai Fuzô tinha lhe pedido há duas semanas pra se alegrar e cumprir os destinos: uma garrafa de champanhe e um pacote de cigarro Minister. Se ela quisesse um trabalho mais forte, podia pedir, Alzira ofereceu. Um exemplo? Se cosesse a boca de um sapo, o cara começaria a secar, secar e só parava o definhamento no dia em que a procurasse, era tiro e queda. Só de pensar em fazer uma ruindade dessas ela caiu em depressão, Imagine, como é que podia desejar uma coisa assim horrível pro homem que amava tanto? A preta respeitou sua vontade mas lhe recomendou usar alho virgem na bolsa, na porta do quarto e reservar um dente pra enfiar lá dentro. Lá *dentro!* ela se espantou, e ficou ouvindo outras simpatias só por ouvir, porque essas eram impossíveis para uma moça virgem: como ia pegar um pelo das injúrias dele pra enlear com o seu e enterrar os dois assim enleados em terra de cemitério? No último dia do ano, numa folga que mal deu pra mastigar um sanduíche, Rôni chamou-a de lado, fez um agrado em seus cabelos (Mas que macios, meu bem, foi o banho de óleo, foi?) e depois de lhe tirar da mão a xícara de café contou que Antenor estava de casamento marcado para os primeiros dias de janeiro. Desmaiou ali mesmo, em cima da freguesa que estava no secador. Quando chegou em casa, a vizinha portuguesa lhe fez uma gemada (A menina está que é só osso!) e lhe ensinou um feitiço infalível, por acaso não tinha um retrato do animal? Pois colasse o retrato dele num coração de feltro vermelho e quando desse meio-dia tinha que cravar três vezes a ponta de uma tesoura de aço no peito do ingrato e dizer fulano, fulano, Como se chamava ele, Antenor? Pois, na hora dos pontaços, devia dizer com toda fé, Antenor, Antenor, Antenor, não vais comer nem dormir nem descansar enquanto não vieres me falar! Levou ainda um pratinho de doces pra são Cosme e são Damião, deixou o pratinho no mais florido dos jardins que encontrou pelo caminho (tarefa dificílima porque os jardins públicos não tinham flores e os particulares eram fechados com a guarda de cachorros) e foi vê-lo de longe na saída da oficina. Não pôde vê-lo porque (soube através de Gilvan, um chofer de praça muito bonzinho, amigo de Antenor) nessa tarde ele se casava com uma despedida íntima depois do religioso, no São Paulo Chique. Dessa vez não chorou: foi ao crediário Mappin, comprou um licoreiro, escreveu um cartão desejando-lhe todas as felicidades do mundo, pediu ao Gilvan que levasse o presente, escreveu no papel de seda do pacote um P. E. bem grande (tinha esquecido de assinar o cartão) e quando chegou em casa bebeu soda cáustica. Saiu do hospital cinco quilos mais magra, amparada por Gilvan de um lado e por Rôni do outro, o táxi de Gilvan cheio de lembrancinhas que o pessoal do salão lhe mandou. Passou, ela disse a Gilvan num fio de voz. Nem penso mais nele, acrescentou, mas prestou bem atenção em Rôni quando ele contou que agora aquele vira-folhas era manobrista de um estacionamento da Vila Pompeia, parece que ficava na rua Tito. Escreveu-lhe um bilhete contando que quase tinha morrido mas se arrependia do gesto tresloucado que lhe causara uma queimadura no queixo e outra na perna, que ia se casar com Gilvan que tinha sido muito bom no tempo em que esteve internada e que a perdoasse por tudo o que aconteceu. Seria melhor que ela tivesse morrido porque assim parava de encher o saco, Antenor teria dito quando recebeu o bilhete que picou em mil pedaços, isso diante de um conhecido do Rôni que espalhou a notícia na Festa de São João do São Paulo Chique. Gilvan, Gilvan, você foi a minha salvação, ela soluçou na noite de núpcias enquanto fechava os olhos para se lembrar melhor daquela noite em que apertou o braço de Antenor debaixo do guarda-chuva. Quando engravidou, mandou-lhe um postal com uma vista do Cristo Redentor (ele morava agora em Piracicaba com a mulher e as gêmeas) comunicando-lhe o quanto estava feliz numa casa modesta mas limpa, com sua televisão a cores, seu canário e seu cachorrinho chamado Perereca. Assinou por puro hábito porque logo em seguida riscou a assinatura, mas levemente, deixando sob a tênue rede de risquinhos a *Pomba Enamorada* e um coração flechado. No dia em que Gilvanzinho fez três anos, de lenço na boca (estava enjoando por demais nessa segunda gravidez) escreveu-lhe uma carta desejando-lhe todas as venturas do mundo como chofer de uma empresa de ônibus da linha Piracicaba-São Pedro. Na carta, colou um amor-perfeito seco. No noivado da sua caçula Maria Aparecida, só por brincadeira, pediu que uma cigana muito famosa no bairro deitasse as cartas e lesse seu futuro. A mulher embaralhou as cartas encardidas, espalhou tudo na mesa e avisou que se ela fosse no próximo domingo à estação rodoviária veria chegar um homem que iria mudar por completo sua vida, Olha ali, o rei de paus com a dama de copas do lado esquerdo. Ele devia chegar num ônibus amarelo e vermelho, podia ver até como era, os cabelos grisalhos, costeleta. O nome começava por *A*, olha aqui o ás de espadas com a primeira letra do seu nome. Ela riu seu risinho torto (a falha do dente já preenchida, mas ficou o jeito) e disse que tudo isso era passado, que já estava ficando velha demais pra pensar nessas bobagens mas no domingo marcado deixou a neta com a comadre, vestiu o vestido azul-turquesa das bodas de prata, deu uma espiada no horóscopo do dia (não podia ser melhor) e foi.

MILTON HATOUM

VARANDAS DA EVA

Varandas da Eva: o nome do lugar.

Não era longe do porto, mas naquela época a noção de distância era outra. O tempo era mais longo, demorado, ninguém falava em desperdiçar horas ou minutos. Desprezávamos a velhice, ou a ideia de envelhecer; vivíamos perdidos no tempo, as tardes nos sufocavam, lentas: tardes paradas no mormaço. Já conhecíamos a noite: festas no Fast Clube e no antigo Barés, bailes a bordo dos navios da Booth Line, serenatas para a namorada de um inimigo e brigas na madrugada, lá na calçada do bar do Sujo, na praça da Saudade. Às vezes entrávamos pelos fundos do teatro Amazonas e espiávamos atores e cantores nos camarins, exibindo-se nervosamente diante do espelho, antes da primeira cena. Mas aquele lugar, Varandas da Eva, ainda era um mistério.

Ranulfo, tio Ran, o conhecia.

É um balneário lindo, e cheio de moças lindas, dizia ele. Mas vocês precisam crescer um pouquinho, as mulheres não gostam de fedelhos.

Invejávamos tio Ran, que até se enjoara de tantas noites dormidas no Varandas. A vida, para ele, dava outros sinais, descaía para outros caminhos. Enfastiado, sem graça, o queixo erguido, ele mal sorria, e lá do alto nos olhava, repetindo: Cresçam mais um pouco, cambada de fedelhos. Aí levo todos vocês ao balneário.

Minotauro, fortaço e afoito, quis ir antes. Foi barrado no portão alto, cuspiu na terra, deu meia-volta, quase marchando para trás. Era um destemido, o corpo grandalhão, e um jeito de encarar os outros com olho quente, de meter medo e intimidar. Mas a voz ainda hesitava: era aguda e grossa, de periquito rouco, e o rosto de moleque, assombrado, meio leso.

Gerinélson era mais paciente, rapaz melindroso, sabia esperar. Já namorava de dar beijos gulosos e acochos, e nos surpreendia em pleno domingo guiando uma lambreta velha, roubada do irmão. Na garupa, uma moça desconhecida, de outro bairro. Ou estrangeira. A máquina passava perto da gente, devagar, roncando, rodeando o tronco de uma árvore. Depois acelerava, sumindo na fumaceira. Ele sempre gostou de desaparecer, extraviar-se. Gerinélson era e não era da nossa turma. Eu o considerava um dos nossos. Ele, não sei. Tinha uns segredos bem guardados, era cheio de reticências: não se mostrava, o rapaz.

O Tarso era o mais triste e envergonhado: nunca disse onde morava. Desconfiávamos que o teto dele era um dos barracos perto do igarapé de Manaus; um dia se meteu por ali e sumiu. Raro sair com a gente para um arrasta-pé. Ele recusava: Com esses sapatos velhos, não dá, mano. Um cineminha, sim: duas moedas de cada um, e pagávamos o ingresso do Tarso. E lá íamos ao Éden, Guarany ou Polytheama. Depois da matinê, ele escapulia, não ficava para ver as meninas da Escola Normal, nem as endiabradas do Santa Dorothea. Tarso queria vender picolés e frutas na rua, queria ganhar um dinheirinho só para entrar no Varandas da Eva. Mas era caro, não ia dar. Então tio Ranulfo prometeu: Quando chegar a hora, pago pra todos vocês.

Tio Ran, homem de palavra, foi generoso: espichou dinheiro para a entrada e a bebida. Depois tirou um maço de cédulas da carteira. Disse: Isso é para as mulheres. E nada de molecagem. Cada um de vocês deve ser um gentleman com aquelas princesas.

Contamos as cédulas: dava e sobrava, era a nossa fortuna. Compramos na Casa Colombo um par de sapatos, e tia Mira costurou uma calça e uma camisa, tudo para o Tarso. Quando ele experimentou a roupa nova, parecia outro, ia chorar de alegria, mas Minotauro, maldoso, debochou: Deixa pra chorar depois da farra, rapaz. Quem fica feliz de roupinha nova é moça.

Eles ficaram cara a cara, os olhos com faíscas de rancor. Tia Mira se intrometeu, com súplicas de trégua e paz. Os dois olharam para minha tia, os rostos mais serenos, o pensamento talvez em outras searas.

Marcamos a noitada para uma sexta-feira de setembro. Gerinélson pegou o dinheiro, quis ir sozinho, de lambreta. Tio Ran nos levou em seu Dauphine, parou quase na porta, nos desejou boa noitada. Quando íamos entrar, Tarso hesitou: deu uns passos para a frente, recuou, quis e não quis entrar. Ficou mudo, mais e mais esquisito, fechou-se. Nós o desconhecemos: luz e dança não o atraíam? Minotauro puxou-o pela camisa, enganchou a mão no pescoço dele, repetindo: Bora lá, seu leso. Nosso amigo abaixou a cabeça, concordando, mas com um salto se desgarrou, e correu para a escuridão.

Tarso, um desmancha-prazer. Deixamos o nosso amigo. A vontade não é de cada um e em cada dia? Minotauro soltou um grunhido, resmungou: Não disse? Roupinha nova é mimo pra mocinha.

Entramos. Um caminho estreito e sinuoso conduzia ao Varandas da Eva. Aos poucos, uma sombra foi crescendo, e no fim do caminho uma luminosidade surgiu na floresta. Era uma construção redonda, de madeira e palha, desenho de oca indígena. Mesinhas na borda do círculo, um salão no meio, iluminado por lâmpadas vermelhas. Uns casais dançavam ali, a música era um bolero. Minotauro apontou uma mesinha vazia num canto mais escuro. Sentamos, pedimos cerveja, um cheiro de açucena vinha do mato. E Gerinélson, se extraviara? Na luz vermelha, quase noite, Minotauro me cutucou: uma mulher sorria para mim. Não vi mais o Minotauro, nem quis saber do Gerinélson. Só olhava para ela, que me atraía com sorrisos; depois ela me chamou com um aceno, girando o indicador, me convidando para dançar. Não era alta, mas tinha um corpo cheio e recortado, e um rostinho dos mais belos, com olhos acesos, cor de fogo, de gata maracajá. Dançamos três músicas, e dançamos mais outras, parados, apertadinhos, de corpo molhado. Ela percebeu minha ânsia, me apertou com gosto, e me levou, no ritmo lento da música, para fora do salão. Por outro caminho me conduziu a uma das casinhas vermelhas, avarandadas, na beira de um igarapé. Ficamos um tempo na varandinha, no namoro de beijos e pegações. Depois, lá dentro, ela fechou a porta, e deixou as janelas entreabertas. O som de um bolero morria na casinha avarandada.

Ela me ensinou a fazer tudo, todos os carinhos, sem pressa, com o saber de mulher que já amou e foi amada. Passamos a noite nessa festa, sem cochilo, e muitos risos, de só prazer. Fez coisas que davam ciúme, carícias que não se esquecem. Perguntei como ela se chamava. Ela disfarçou, e disse, rindo: Meu nome? Tu não vais saber, é proibido, pecado. Meu nome é só meu. Prometo.

A voz e a risada bastavam, minha curiosidade diminuía. Nome e sobrenome não são aparências?

Não quis me ver nem ser vista à luz do dia; quando as águas do igarapé ficaram mais escuras do que a noite, ela pediu que eu fosse embora. Obedeci, a contragosto. Saí no fim da madrugada, caminhando na trilha de folhas úmidas. Naquela manhã o sol teimou em aparecer no céu fechado.

Voltei ao Varandas no mesmo dia, a fim de revê-la; voltei muitas vezes, sempre sozinho, nunca mais a encontrei.

O Tarso disse que não entrou no Varandas porque teve medo. Medo?

Ele sério, e calado.

Minotauro me contou sua farra, cheia de façanhas. A grande gandaia, noite e dia, ele disse com uma voz que não tremia mais, voz bem grossa, de cachorrão. O Gerinélson me olhou de soslaio, sorriu de fininho, desconversou. Ele não se mostrava mesmo. Gostava das coisas só para ele, guardando tudo na memória, dono sozinho de seus feitos e fracassos.

Nos meses seguintes, ainda tentei ver a mulher, pulava de um clube para outro, os lupanares de Manaus. Até hoje, sinto ânsia só de lembrar.

Tia Mira dizia que eu estava babado de amor. Estás tonto por uma mulher, ela ria, observando meu devaneio triste, meu olhar ao léu.

O Tarso não quis conversar sobre aquela noite. Foi o primeiro a se afastar da turma: teve de abandonar a escola, queria ser prático de motor, ou, quem sabe, capataz numa fazenda do Careiro.

Três anos depois, meus tios Mira e Ran mudaram de bairro; os encontros com meus amigos tornaram-se fortuitos, minha vida procurou outros rumos. O único que cruzou o meu caminho foi Minotauro; cruzou por acaso, quando eu saía do bar Mocambo e ele ia visitar um amigo no quartel da Polícia Militar. Estava fardado, era soldado S1 e se preparava para o exame de suboficial da Aeronáutica. Servia na base terrestre, de guerras na selva. Não queria voar.

Sou homem com pés no chão, ele foi logo dizendo. É emocionante a gente se perder na mata, os perigos me atraem, mano. A gente entra na floresta, escuta os ruídos da noite e a noite é escura que nem o dia. É um desafio. Toda a cambada tem que caminhar naquele zigue-zague escuro, dormir sem saber onde está, matar os bichos e encontrar a saída para a sede do comando.

Falava com desembaraço, cheio de si, alisando com os dedos grossos a boina azul. O rosto continuava assombrado, quase feroz, e a risada saía que nem uivo. Ele havia topado com o Gerinélson:

O leso do Geri viajou para São Paulo. Quer ser doutor, médico de mulher. Quer se aproveitar delas, riu o Minotauro, tenebroso, mostrando dentes de cavalo. Tu nem sabes... O Geri sempre foi sonso, andou pelo Varandas antes da gente, sempre foi caído por mulheres de todas as idades.

Dei um risinho chocho, sem vontade. Minotauro já era meu ex-amigo? Está em outro mundo, nossos pensamentos não se encontram. Foi o que eu remoí naquele instante.

E o Tarso?

Mais pobre do que eu, ele disse. Deve estar caído por aí. Pobre pobre não se levanta, mano. Nem soldado o coitado do Tarso pode ser.

O Minotauro me tratou com carinho. Não sei se naquele dia eu tive pena ou raiva dele. Desprezo, talvez.

Ele se despediu com um abraço forte, de estalar as costelas. Era socado, um monstro. Pôs a boina na cabeça e saiu andando, desengonçado, cumpridor de deveres.

Anos depois, num fim de tarde, eu acabara de sair de uma vara cível, e passava pela avenida Sete de Setembro. Divagava. E já não era jovem. A gente sente isso quando as complicações se somam, as respostas se esquivam das perguntas. Coisas ruins insinuavam-se, escondidas atrás da porta. As gandaias, os gozos de não ter fim, aquele arrojo dissipador, tudo vai se esvaindo. E a aspereza de cada ato da vida surge como um cacto, ou planta sem perfume. Alguém que olha para trás e toma um susto: a juventude passou.

Quando andava diante do Palácio do Governo, decidi descer a escadaria que termina próxima à margem do igarapé; parei no meio da escada e me distraí com a visão dos pássaros pousados nas plantas que flutuavam no rio cheio. Foi então que vi, numa canoa, um rosto conhecido. Era Tarso. Remou lentamente até a margem e saltou; depois tirou um cesto da canoa e pôs o fardo nas costas, a alça em volta da testa, como faz um índio. O corpo do meu amigo, curvado pelo peso, era o de um homem. Subiu uma escadinha de madeira, deixou o cesto na porta de uma palafita, voltou à margem e puxou a canoa até a areia enlameada. À porta apareceu uma mulher para apanhar o cesto. Reapareceu em seguida e acenou para Tarso. Num relance, ela ergueu a cabeça e me encontrou. Estremeci. Eu ia virar o rosto, mas não pude deixar de encará-la. Ela me atraía, e a lembrança surgiu agitada, confusa. A voz dela chamou: Meu filho! A mesma voz, meiga e firme, da moça, da mulher da casinha vermelha, no balneário Varandas da Eva. Era a mãe do meu amigo? Isso durou uns segundos. Por assombro, ou magia, o rosto dela era o mesmo, não envelhecera. Mal tive tempo de ver os braços e as pernas, a memória foi abrindo brechas, compondo o corpo inteiro daquela noite.

Tarso escondeu a canoa entre os pilares da palafita, e entrou pela escadinha dos fundos. A mulher já tinha sumido.

Permaneci ali mais um pouco, relembrando...

Nunca mais voltei àquele lugar.

UMA ESTRANGEIRA
DA NOSSA RUA

No caminho do aeroporto para casa, eu observava os lugares da cidade agora irreconhecível. Quase toda a floresta em torno da área urbana havia degenerado em aglomerações de barracos ou edifícios horrorosos. Em casa, tia Mira me recebeu com entusiasmo e contou uma ou outra novidade que, para mim, já não faziam sentido. Deixei a mala no quarto e quase sem querer perguntei pelos Doherty.

Nunca mais voltaram, disse tia Mira. O pai ainda passou uns meses aqui, vendeu o bangalô e foi embora. O comprador derrubou o muro, a casa, a acácia. Tudo.

Para onde foram?

E quem pode saber? Aquela família vivia em outro mundo.

Eu tinha acabado de chegar à cidade, e notara com tristeza a ausência da casa azul na nossa rua. Era um bangalô bonito, cercado por um muro de pedras vermelhas que uma trepadeira cobria; no pátio dos fundos uma acácia solitária floria nos meses de chuva e sombreava o quarto das duas irmãs. Agora um monte de escombros enchia o terreno na rua em declive.

Na varanda de casa, ao olhar as ruínas do bangalô, me lembrei de Lyris, mais alta e também menos arredia que a irmã. O cabelo quase ruivo, o rosto anguloso e os olhos verdes e um pouco puxados embaralhavam traços do pai e da mãe. Só me dei conta dessa beleza estranha e misturada no fim da infância, quando senti alguma coisa terrível e ansiosa parecida com a paixão.

Lyris devia ter uns dezoito anos, e a irmã era quase da minha idade: quinze. Antonieta, nossa vizinha mais escandalosa, as apelidara de bichos do mato, porque não iam às festas, não pulavam Carnaval, não se bronzeavam nos balneários nem tinham namorados ou amigos. Andavam sempre juntas, e sempre escoltadas pelo pai: o engenheiro Doherty. Diziam que ele era inglês ou irlandês, e a verdadeira nacionalidade permaneceu um mistério. Eu pensava que Alba, a mãe, fosse amazonense, pois suas feições indígenas eram familiares; mas a manicure de tia Mira contou que Alba era peruana, e só depois entendi que a língua, e não a nacionalidade, nos define. Lembro que, uma manhã, Alba ralhou com as filhas num português atrapalhado. Não entendi quase nada, apenas "suas preguiçosas", palavras pronunciadas no meio de uma frase longa e desastrosa. Às sete da manhã eu via as duas moças usando o mesmo uniforme: saia plissada azul e blusa branca. Elas entravam no carro do pai, que as levava ao colégio das freiras, a seis quarteirões da nossa rua. O Aero Willys preto voltava ao meio-dia e, sem buzinar, embicava na entrada: a mãe saía do carro para abrir o portão, e as duas filhas, juntas no banco traseiro, se enclausuravam no bangalô, e assim se despediam da nossa rua, do bairro, da cidade.

A família Doherty recebia dos vizinhos convites para festas de São João e de aniversário. Nós sempre convidávamos os estrangeiros, e sempre recebíamos um buquê de flores com um bilhete de agradecimento ou parabéns, assinado pelos pais e suas filhas. Eu guardava esses bilhetes, gostava de ver a assinatura de Lyris, e pensava que o nome dela, escrito com letras inclinadas, quase deitadas, era um presente para mim. Os Doherty nunca importunavam ninguém, eram afáveis e muito discretos. Tanta discrição era insuportável, e me irritava.

São loucos, vivem socados dentro de casa, dizia Antonieta. O que eles fazem escondidos?

Quando fiz catorze anos e ingressei no ginásio, podei galhos e folhas do jambeiro do quintal, abrindo um clarão na copa espessa da árvore. Então podia ver o pátio onde a mãe estendia a roupa molhada das filhas; aos domingos, cinco da tarde, via a família ao redor de uma mesa sob a acácia; conversavam, riam, tomavam chá e comiam pupunha cozida com manteiga. A merenda dos Doherty me dava água na boca. Aos sábados, podia ver a janela do quarto das irmãs. A cama de Lyris aparecia inteira, a da irmã, só a metade; durante a semana, as duas moças raramente ficavam no quarto, pois estudavam no escritório da fachada oeste, inacessível ao meu olhar. Alba fechava a janela no fim da tarde, de modo que eu nunca as via à noite. Quando trovejava, a casa toda ficava escura e fechada, diziam que os Doherty tinham medo dos torós amazônicos. Antonieta, língua solta, espalhava para a vizinhança que Alba acendia velas e rezava durante o aguaceiro, enquanto o engenheiro se trancava com as filhas e as agarrava com volúpia. Diz que até ouvira gritos das duas irmãs, sons mais estridentes que trovoadas, e que nas noites de temporal os Doherty dormiam e acordavam na mesma cama. Não sei se era verdade, Antonieta via o bangalô de outro ângulo, e cada vizinho contava uma história diferente e estranha sobre os Doherty.

Certa vez, no Carnaval, o bloco do Sujo desceu nossa rua batucando uma marchinha antiga; a banda deu uma parada de uns minutos diante do bangalô, a pedido de Antonieta, "só para ver se os bichos do mato saíam da toca". Vi as duas irmãs dançando e cantando no quarto e, quando o batuque sumiu, continuaram sambando, depois riram abraçadas e Lyris caiu de bruços na cama e ficou balançando as pernas, ao ritmo de um batuque imaginário. Foi o único Carnaval das irmãs Doherty; ou o único em que as vi pular e cantar.

Naquele ano passei parte dos dias na varanda à espera da moça. Tia Mira ralhava: Vais ser reprovado por causa dela. Desiste de uma vez, ela é quase mulher, e tu és um menino.

Meu tio, mais tosco e bruto, andava nu pela casa e sentava de pernas abertas na rede e me encarava com um sorriso cínico: Essa Lyris é pra mim, rapaz. Qualquer dia ela larga o pai e vem sentar no meu colo.

Ficava desesperado com as palavras do meu tio, sem saber se ele falava sério ou se era mais uma estocada para me humilhar. Era impossível encontrar Lyris na nossa rua ou em alguma praça ou clube; eu pensava que seu pai tinha medo de alguma coisa na cidade, ou medo de tudo na cidade, pois os Doherty só saíam aos domingos de manhã e eu não sabia, nem tinha como saber, para onde iam. Diz que era um engenheiro exemplar da Companhia de Energia do Amazonas, graças a ele não faltava luz na cidade. Era um exagero, porque sempre faltou luz e até água na minha cidade. Mas devia ser um pai ciumento, pois escondia as filhas como se esconde um par de brilhantes. Como seriam as noites dos Doherty? Que segredos, palavras e gestos havia na intimidade, na quase absoluta reclusão? Lembro que, num fim de tarde, as duas irmãs pararam de recolher a roupa do varal, correram até a garagem e reapareceram no pátio, penduradas no pescoço do pai, que mal beijou a mulher.

É impossível me aproximar de Lyris, pensei, enlouquecido numa tarde quente de agosto em que a vi deitada na cama, nua, lendo um livro de capa vermelha. As lentes do binóculo traziam para perto de mim o contorno e os relevos do corpo, os cachos de cabelo ruivo e os olhos verdes. Tranquei a porta da varanda e com as mãos suadas me deliciei com a visão do corpo de Lyris. Vez ou outra ela movia a cabeça, arqueava ou contraía o corpo. Foi a primeira moça que vi assim: leitora e nua, no mormaço da minha cidade. Durou quase uma hora. E a lembrança daquele quadro durou o tempo da juventude. Lyris deixou o livro aberto sobre o travesseiro, esfregou os olhos, depois remexeu no cabelo cacheado, e saiu bruscamente da cama. O quarto vazio me entristeceu, os gritos de outros vizinhos me irritaram. Foquei o binóculo lá embaixo, nas casas da vila, e vi corpos balançando-se devagar, rostos engelhados, cansados. Todos dormindo. As lentes voltaram para Lyris e agora ela estava sentada no chão, manuseando um objeto escuro, de costas para o meu olhar. Virou a cabeça para a janela, se levantou, e aquela cena nunca mais se repetiu.

Meses depois, meu tio me convidou para ir ao teatro Amazonas, madame Steinway ia tocar minha sonata preferida. A música e o acaso trazem boas surpresas, ele acrescentou com uma voz insinuante. Usei roupa nova para assistir ao concerto de piano, e aparei a promessa de um bigode, uma penugem rala que escurecia minha boca. Após o concerto conversei um pouco com a pianista, que havia sido minha professora de canto. Ela me convidou para um coquetel no salão nobre do teatro, onde suas alunas iam homenageá-la. Não conhecia ninguém, fiquei observando um quadro de Domenico de Angelis, uma pintura idílica de motivo amazônico, enquanto meu tio bebia e se pavoneava; de vez em quando vinha me dizer que a mãe daquela aluna tinha sido sua namorada e mais de uma mulher no salão era sua amante. Já estava meio bêbado e não dei importância ao que dizia, sua voz de conquistador barato me chateava. Mas foi essa voz que soprou no meu ouvido: Como ela é linda, e, quando desviei os olhos do quadro de De Angelis, dei de cara com a família Doherty. Os pais e as filhas estavam juntos, a beleza de Lyris se destacava do pequeno clã como uma orquídea selvagem. Usava um vestido azul sem mangas e com decote ousado, e um cacho de cabelos da cor do fogo caía em cada ombro nu; os olhos verdes atraíam os que rondavam por ali, ofuscando a presença da irmã. Dois rapazes de uns vinte e cinco anos flertavam com Lyris, e um deles, o mais alto e posudo, roçou a mão no queixo dela e curvou a cabeça sobre o decote. Esse gesto insolente me insultou. O fato de eu ser tão jovem podia selar o meu fracasso? Não tinha a coragem do rapaz, eu era destemido com outros feitos, ousado em outras situações, mas na presença de Lyris era um covarde. Não conseguia sair do lugar, o medo e a timidez me paralisavam; disfarcei a angústia olhando uma figura do quadro, um índio mais corajoso do que eu. Depois de uns minutos, virei o rosto para vê-la, mas não a encontrei. Senti no ombro a mão pesada do meu tio, e levei um susto quando vi Lyris a dois palmos do meu rosto. Assim, tão perto, era ainda mais bonita. Meu tio piscou para mim e se afastou, e por um momento ficamos sozinhos no canto, de frente para o grande painel de De Angelis.

É a primeira vez que a gente se encontra, nem parece que somos vizinhos, ela disse em português, com a maior desenvoltura.

Na voz um sotaque inglês, mas hoje penso que o espanhol também se intrometia. Deve rir da minha timidez, pensei, sem tirar os olhos do seu rosto. Quis mencionar um poema, mas não conseguia lembrar nada, nem dizer uma palavra. Uma emoção forte me anulou, e só os olhos me obedeceram.

Por que não vens me visitar? Tu sabes quando estou em casa, ela disse com uma voz mansa que me deu calafrios. Afastou-se um pouco, olhou para o lado e, de repente, esticou o pescoço e me deu um beijo no canto da boca. Saiu depressa na direção dos pais e da irmã. Fiquei sem saber se era o beijo de uma amizade ou de um namoro insinuado; dormi muitas noites com a lembrança desse beijo, que me dava uma esperança confusa. Pensei em fazer uma serenata para Lyris, mas a severidade do engenheiro Doherty me intimidava; duas vezes tentei visitá-la, ficava encostado numa parede próxima da casa azul, indeciso, derrotado. Duas tentativas desastrosas, e mais uma vez amaldiçoei minha timidez, meu medo.

Na terceira vez, no meio da tarde de um domingo de dezembro, estava decidido: ia bater no portão do bangalô e entrar. A coragem crescia enquanto eu caminhava ao encontro de Lyris. Já alcançara a esquina da nossa rua, quando vi o Aero Willys preto sair da garagem, a mãe no banco da frente, as duas irmãs atrás. O carro desceu a rua e passou devagar perto de mim. Ainda vi o rosto de Lyris, os olhos verdes e um sorriso que eu não soube decifrar. Pôs a cabeça para fora da janela, acenou com as mãos agitadas, os cabelos ruivos e cacheados ondularam com o gesto. Esperei num bar da nossa rua, e uma hora depois o carro entrou na garagem, sem a mãe e suas filhas. A janela do quarto das duas irmãs ficou fechada durante as férias. Em março, quando viajei para longe, o engenheiro Doherty ainda morava sozinho na casa azul.

Olhei pela última vez as ruínas da nossa rua e saí da varanda. No meu quarto, tentei apagar a lembrança de uma frustração amorosa, um fracasso que não é atributo apenas da juventude. Lyris teria hoje quarenta anos, a idade de tia Mira naquele tempo. Arrumei o quarto, separei e empacotei os livros que ia levar de volta para São Paulo, limpei os livros que ia doar à escola onde havia estudado. De noitinha, minha tia entrou no quarto e perguntou se eu queria suco de jambo. Jambos do nosso quintal, ela disse. Depois tirou do sutiã um envelope que o carteiro deixara na semana passada. Uma carta para ti, ela sorriu. Estranhei os três selos da Tailândia e tentei em vão decifrar o nome do remetente. Ia enfiar o envelope no bolso, mas decidi abri-lo. Reconheci a caligrafia e esperei tia Mira sair do quarto. Deitei na cama, li a carta enviada de Bangcoc e fiquei pensando nas palavras de Lyris...

DANIEL GALERA

LAILA

Conheci Laila no jardim de um jardim de infância da zona sul de Porto Alegre, e anos depois eu a reencontraria no colégio, no que ainda se chamava primeiro grau, embora nunca tenhamos estudado na mesma turma, e depois a reencontraria mais uma vez na faculdade, após termos estudado os três anos do que se chamava de segundo grau em colégios diferentes, e nos tornaríamos amigos daquele tipo que raramente se vê mas, quando se vê, sabe que suas vidas dependem desses encontros raros num grau muito além do que a razão permitiria supor.

O jardim do jardim de infância era arborizado, havia um pequeno bosque que certamente amplifico em minhas memórias infantis, mas era grande e reservado o bastante para que duas coleguinhas, Daniela e Daniela, me arrastassem e me constrangessem a beijá-las pudicamente sem que as professoras vissem. E um dia fomos surpreendidos por uma outra menina de cabelos castanhos, mais baixinha que eu e as duas Danielas. Estava vestida com um macacão de brim todo enfeitado com coisas coloridas, talvez grampos ou laços, e ficou nos encarando em silêncio. Ninguém se moveu por muito tempo, até que ela veio até mim e estendeu a mão. Dei a mão para ela e ela me levou para o parquinho onde havia outras crianças. Sentamos no gira-gira sem conversar, mas permanecemos ali juntos, e eu nunca mais falei com as Danielas.

Não lembro de conversas que tive com Laila no jardim de infância, acho que nem dá pra chamar de conversa as coisas que se diz nessa idade, mas eu a reconheci na mesma hora quando passei em frente à sala da turma C no primeiro dia de aula da sexta série e vi uma guria com uma camiseta lisérgica do Led Zeppelin encostada sozinha na parede, meio assustada com a camaradagem pós-férias da qual não podia compartilhar em sua condição de aluna nova, mas ao mesmo tempo determinada a se expor com aquela camiseta bem ao lado da porta. Eu era da turma A, mas parei para falar com ela. Demorou para se lembrar de mim, e na verdade eu não lembrava o nome dela, mas nos aproximamos antes dela estabelecer suas primeiras amizades femininas no colégio e com isso nos tornamos comparsas de alguma espécie. Além de Led Zeppelin ela gostava de ouvir bandas como Jethro Tull e The Mamas and the Papas, sem dúvida por causa dos pais (apesar disso, seu nome não era referência à canção do Clapton, e sim a uma antiga lenda árabe que Laila me contou uma vez, uma tragédia amorosa que lembrava Romeu e Julieta), e tentei fazê-la apreciar coisas do nosso tempo como Guns n' Roses e Nirvana, mas ela se recusou a lhes dar valor até muitos anos depois, quando nos reencontramos na Universidade Federal, ela recém-aprovada em jornalismo e eu em publicidade. Nos abraçamos e rimos e balançamos as cabeças espantados com aquele improvável segundo reencontro, e a coisa toda ainda manifestava para mim um certo aspecto de conspiração do destino porque eu tinha sido apaixonado por ela durante boa parte da sexta, sétima e oitava séries, uma paixão que declarei numerosas vezes mas que nunca foi correspondida, e continuei pensando nela por um bom tempo ao longo do que na época ainda se chamava de segundo grau antes de praticamente esquecê-la. De qualquer modo, no segundo reencontro ela estava escutando algo nos fones de ouvido e os colocou nos meus ouvidos dizendo:

— Olha só o que eu estou escutando.

Era Nirvana. Uma gravação ao vivo qualquer, daquelas que ainda circulavam em fitas cassete.

— É Nirvana — eu disse.

— Sim! Estou amando Nirvana! Lembrei que tu gostava no colégio.

— Eu tentei milhares de vezes te convencer.

— Comecei a escutar umas fitas que meu primo me passou e percebi que não tem nada igual a essa pegada deles. Essa dinâmica do — e então ela disse um monte de coisas sobre o Nirvana que eu já tinha dito para ela inúmeras vezes anos atrás, quando a banda estava no auge.

Mas a essa altura eu já conhecia bem a Laila e o comentário dela fez reavivar em mim a paixão juvenil, pois essa era talvez a sua maior característica: ela demorava muito mais que as outras pessoas, às vezes meses, às vezes muitos anos, dependendo do assunto, para aceitar ou reconhecer ou se dar conta de coisas que para a maioria de nós já eram óbvias porque nos tinham sido ditas ou ensinadas, ou porque a mídia ou o *zeitgeist* ou o próprio ritmo biológico e cultural da experiência humana as havia inculcado em todos a seu redor. Mas Laila nunca se convencia. Não absorvia nada a partir dos outros. Na tenra adolescência, para muito além de bobagens como o valor do Nirvana, tentei convencer ela de duas coisas principais, da inexistência de Deus e do fato de que tínhamos sido feitos um para o outro. Ela nunca aceitou o segundo, mas acabou aceitando o primeiro no final da oitava série, e veio me revelar suas conclusões numa madrugada durante uma festinha no condomínio de um amigo nosso.

— Não é que eu negue a ideia de qualquer coisa espiritual — ela me disse na ocasião. Estávamos sentados numa escadaria que levava ao salão de festas com piscina lá embaixo, olhando a noite, olhando a noite opressora da adolescência enquanto os berros de nossos colegas bêbados ecoavam nas casas geminadas às nossas costas.

— Mas é essa ideia de um Deus como uma entidade tão... ao nosso alcance, formatada às nossas necessidades, que me incomoda. Toda definição de Deus que encontro tem esse problema. É tão obviamente um fruto da imaginação do ser humano que nem parece merecer uma discussão mais filosófica.

— Sim, Laila.

Meu pai era judeu e professor de história e gostava de me forçar a pensar em coisas como a existência de Deus, que eu tendia a negar. O pai dela era um psiquiatra muito culto e a mãe escrevia livros infantis. Já estávamos naquela idade em que os adolescentes hipereducados julgam descobrir verdades sobre a vida que os adultos incrivelmente se recusam a enxergar, e para certa classe dessas verdades eu e Laila éramos o único interlocutor um do outro.

— É mais ou menos o que eu te disse uma vez. Ano passado, acho. Lembra?

Mas ela nunca lembrava, ou fingia que não lembrava, ou lembrava e não dava a isso importância alguma, porque ela precisava chegar às suas conclusões por si própria. Que importava o que eu tinha dito, os argumentos exaltados que me esforcei para fazê-la aceitar? O importante era que ela tinha ido passar um feriado na serra com os pais e tinha ficado uma noite sozinha no chalé durante uma incrível tempestade e que a natureza de repente revelou sua fisicalidade total, nada mística, e que ela tinha refletido a respeito enquanto comia chocolates de Gramado e agora sim, ela sabia que Deus não existia. Sua revelação pessoal guardava mais do que uma ou duas semelhanças com o que eu havia lhe dito tempos atrás, e nunca cheguei a um parecer definitivo sobre a autenticidade de suas descobertas e conclusões. Talvez ela simplesmente fosse teimosa e se recusasse a aceitar o que lhe diziam, explicavam, ensinavam ou confessavam, somente para recuperar algumas coisas muito tempo depois devido a uma experiência pessoal qualquer, quando então a descoberta ou conclusão era devolvida ao mundo como algo seu, íntimo e intransferível. E talvez tudo fosse de fato seu, íntimo e instransferível, e a semelhança e o atraso apenas refletissem o fato de que todos nós chegamos mais ou menos às mesmas conclusões ao longo da vida, embora em ritmos diferentes e com métodos diferentes. Não me importava. Laila era assim, e eu a amava cada vez mais um pouco ao ouvi-la me confessar algo com aqueles olhinhos arregalados de assombro ou fascínio, iluminados por sua mais recente epifania retardatária. A impressão que dava era de não ter pressa de viver. Era uma guria serena e absolutamente convicta da própria felicidade em todos os momentos. Não se considerava ingênua pois sabia que o mundo estava à sua espera. Eu gostava de imaginar que aos poucos, no seu próprio ritmo e à sua maneira, ela seria capaz de compreender a vida por inteiro sem nunca ter recorrido ao que foi dito, registrado e difundido ao longo do tempo pelo restante da humanidade.

Não voltei a me declarar para ela durante a faculdade. Encostei nela mais do que seria respeitoso, fiz convites cheios de insinuações para que assistíssemos a um filme na minha casa ou fôssemos à praia com um casal de amigos, mas nunca verbalizei o que tinha cansado de verbalizar no passado, até que um dia ela me disse abertamente, com sua habitual serenidade e convicção, que nunca estragaria nossa amizade com um namoro ou mesmo com sexo inconsequente. E no terceiro ou quarto semestre comecei a namorar a Rafaela, uma ruiva que estudava economia e era filha de donos de uma cantina italiana na zona sul. Aos poucos, eu e Laila passamos a nos ver menos, sem nunca deixarmos de ser amigos. Laila e Rafaela se conheceram e se davam bem nas raras vezes em que se encontravam. Às vezes, bêbado e chateado com a vida, eu voltava a pensar em Laila como uma oportunidade perdida, e em meus delírios narcisistas e rancorosos via a mim próprio como um tesouro que ela havia desperdiçado. Mas passava. Fiz dois anos de estágios em agências de publicidade, buscando o caminho da direção de arte. Fiz um curso de design gráfico de seis meses no Canadá. Rafaela me esperou. Estávamos pensando em morar juntos e, a poucos meses da minha formatura, começamos a procurar um apartamento. Nos mudamos. Nos formamos.

Laila não apenas teve seus namorados nesse período como me falava muito de suas relações com eles, e, como era típico dela, por vezes compartilhava conclusões que pareceriam piadas sarcásticas para quem não a conhecesse. Uns dois ou três anos depois da faculdade, eu a encontrei almoçando no shopping e sentei com ela. Por causa de coisas que dois ou três namorados tinham feito e sobre as quais ela refletira muito num domingo gelado, tinha entendido que os homens em geral não viam a fidelidade da mesma forma que as mulheres. Não riam dela. Seria preciso conviver com Laila e ver a sinceridade exasperada de seus olhares e gestos para entender como uma coisa desse tipo podia de fato ser uma revelação para ela aos vinte e três ou vinte e quatro anos de idade, uma revelação que a afetava profundamente. Onde ela esteve esse tempo todo? Não tinha conversado com amigas, lido revistas de adolescentes, visto comédias românticas? Tinha feito tudo isso. Mas ela precisava de anos de experiência própria e três namorados sacanas para "finalmente compreender" um clichê que envergonharia até uma apresentadora de programa de auditório vespertino. E se a conhecesse como eu, você seria obrigado a sorrir quando um dia ela te ligasse tarde da noite para dizer que precisava conversar com alguém porque andava pensando em coisas meio pesadas, que tinha se dado conta de que a maioria das pessoas vive negando a morte, simplesmente isso, negando a morte em tudo que fazem, em cada ato e gesto do instante em que acordam até a hora de dormir, quando então sonham para negar a morte, uma ideia à qual certamente ela fora exposta muitas vezes desde a juventude e que você mesmo tinha apresentado pela primeira vez a ela quando ainda se impressionava com esse tipo de pilar da filosofia existencialista de massa, chegando ao ponto de emprestar-lhe livros com trechos sublinhados e de discutir com ela esses trechos, tentando impor o entusiasmo que essas ideias te causavam naquela época, apenas para verificar que ela jamais se convenceria, que acharia interessante mas meio sem sentido, meio exagerado, meio pessimista, uma simplificação grosseira do que realmente é estar nesse mundo.

Mas por mais que eu a conhecesse, por mais que a amasse como ela era, não estava preparado para que tempos depois, após um breve reencontro em um coquetel de lançamento de um novo jornal cuja conta pertencia à premiada agência publicitária em que eu trabalhava, ela me mandasse um e-mail propondo um café, que obviamente aceitei, até porque tinha intenção de lhe revelar que eu e Rafaela iríamos finalmente nos casar, e então me dissesse que estava apaixonada por mim.

Laila disse que era como se carregasse essa paixão dentro dela desde sempre, desde que nos vimos pela primeira vez no jardim de infância e ela me resgatou das garras das Danielas, mas que somente agora, depois de tudo que tínhamos vivido, ela era capaz de enxergar, e eu tinha que enxergar também. Pela primeira vez na vida tive raiva dela. No entanto escutei sua longa argumentação a favor de nós dois, os motivos racionais e passionais que demonstravam que tínhamos sido feitos um para o outro. Eu resisti, disse que jamais ia dar certo. Que um hipotético rompimento meu com Rafaela ia pesar demais e eu me tornaria rancoroso, que nem sabia se ainda sentia por ela tudo que tinha sentido no passado.

Gostaria de dizer que deixei Rafaela para viver uma relação potencialmente desastrosa com Laila, mas não foi o que aconteceu. Continuamos nos vendo duas ou três vezes por ano, só para lembrar o quanto gostamos um do outro e sentir novamente que em algum momento nos desencontramos.

E agora estamos nós dois no quarto de Laila, na sua cama, tateando o corredor de entrada dos trinta. Laila chora convulsivamente e os urros que dá contra o travesseiro são assustadores, de uma grandeza cósmica, como o clamor de um grande desastre natural acontecendo do outro lado de uma montanha. Eu não a via há meses. Ela me chamou aqui faz dois dias porque está com medo de se matar, e é claro que eu vim. Rafaela está grávida em casa e ligo a cada duas horas para saber se ela está bem. Laila tomou dez comprimidos de clonazepam em vinte e quatro horas. Ela não sabe por que está assim. Diz que é "tudo". Não há o que dizer agora, apenas passo a mão na sua cabeça. Asso pãezinhos de queijo no forno, que eu sei que ela adora. Mais tarde, emergindo do torpor, ela me perguntará se eu acho que vai passar, que tudo vai ficar bem. Exigirá que eu seja honesto e que faça previsões embasadas no que a vida lhe reserva. Em minha mente ficará nítida, enquanto penso no que dizer, a reprovação secreta que sempre nutri pela independência existencial de Laila, por sua presunçosa autossuficiência, e, secretamente, sentirei por um instante que ela merece enlouquecer ou morrer apenas para ficar provado que ela deveria, sim, ter precisado dos outros desde sempre, de preferência de mim. Será horrível, sufocarei esse pensamento com todas as forças, mas ele ocorrerá, não há o que fazer. No instante seguinte, porém, me deixarei dominar pela embriagante fantasia de que tenho o poder de traçar o destino dessa mulher, de que basta que eu insista em algo e ela o negue para que sua experiência o aceite mais adiante, e então darei a minha resposta.

SOBRE OS AUTORES

JOAQUIM MARIA MACHADO DE ASSIS nasceu em 21 de junho de 1839, no Morro do Livramento, nos arredores do centro do Rio de Janeiro. O pai, Francisco José de Assis, era mulato e neto de escravos; e a mãe, Maria Leopoldina Machado, era açoriana. Ainda criança, perdeu os dois e a irmã. Criado pela madrasta, teve de trabalhar para ajudá-la e desde cedo mostrou inclinação para as letras. Começou a publicar poesia aos quinze anos, na Marmota Fluminense, e no ano seguinte conseguiu um emprego na Imprensa Oficial como aprendiz de tipógrafo. Lá conheceu escritores importantes e passou a escrever cada vez mais. Machado foi logo reconhecido por sua produção literária e, em 1867, foi nomeado ajudante do diretor de publicação do *Diário Oficial*, tornando-se também funcionário público, carreira que seguiu até o fim da vida, em diversos cargos. Publicou seu primeiro livro de poesias, Crisálidas, em 1864; a primeira coletânea de histórias curtas, Contos fluminenses, em 1870; e o primeiro romance, Ressurreição, em 1872. Foi um dos fundadores e o primeiro presidente da Academia Brasileira de Letras, e um dos maiores escritores de todos os tempos, autor de crônicas, poemas, contos, novelas, romances, críticas literárias, peças de teatro, matérias de jornal e ensaios. Machado morreu em 29 de setembro de 1908, aos 69 anos de idade. Os contos desta antologia foram retirados da coletânea *50 contos de Machado de Assis* (Companhia das Letras).

AFONSO HENRIQUES DE LIMA BARRETO nasceu no Rio de Janeiro, em 13 de maio de 1881, filho do tipógrafo João Henriques e da professora Amália Augusta, ambos mulatos. A mãe, escrava liberta, morreu precocemente, quando o filho tinha seis anos. A abolição da escravatura ocorreu no ano seguinte, 1888, no dia do aniversário de sete anos de Lima Barreto, mas o preconceito racial e a difícil inserção de negros e mulatos na sociedade brasileira nunca deixaram de ocupar o centro de sua obra. Em 1905, começou a colaborar mais regularmente na imprensa, escrevendo reportagens para o *Correio da Manhã* sobre a demolição do morro do Castelo, no centro do Rio, consideradas um dos marcos inaugurais do jornalismo literário brasileiro. Na mesma época, escreve a primeira versão de *Clara dos Anjos*, livro que seria publicado apenas postumamente. Em 1911, escreve e publica *Triste fim de Policarpo Quaresma* em folhetim, no *Jornal do Comércio*. É autor ainda de outros cinco romances e inúmeras crônicas, contos e peças satíricas. Lima Barreto morreu no Rio de Janeiro, no dia 1º de novembro de 1922, aos 41 anos. Os contos desta antologia foram retirados do livro *Contos completos de Lima Barreto* (Companhia das Letras).

MARCUS VINICIUS DE MELO MORAES nasceu no dia 19 de outubro de 1913, na ilha do Governador, no Rio de Janeiro, em uma família de artistas: a mãe era pianista, e o pai, poeta. Aos sete anos de idade, escreveu seu primeiro poema; e, aos catorze anos, com os irmãos Tapajós (Paulo, Haroldo e Oswaldo), compôs suas primeiras canções. Teve um poema publicado pela primeira vez em 1932, na revista católica *A Ordem*, chamado "A transfiguração da montanha"; e, em livro, a estreia aconteceu em 1933, quando tinha dezenove anos, com *O caminho para a distância*. No mesmo período, Vinicius se formou em direito e terminou um curso de preparação de oficiais da reserva do Exército.

Foi jornalista, crítico de cinema, censor cinematográfico e, em 1943, ingressou na carreira diplomática, que o levaria a morar em cidades como Los Angeles, Paris e Londres. Ajudou a fundar a bossa nova, compondo canções que ficaram famosas, além de publicar inúmeros livros — de poemas, de crônicas e de contos. Morreu no dia 9 de julho de 1980, em casa, depois de uma reunião com Toquinho, com quem trabalhava na versão musical dos poemas do livro infantil *A arca de Noé*. Os contos desta antologia foram retirados do livro *Para viver um grande amor* (Companhia das Letras).

PAULO MENDES CAMPOS nasceu em Belo Horizonte (MG), em 28 de fevereiro de 1922. Era membro de uma prole numerosa: seus pais tiveram nove filhos. Concluiu o ginásio em São João del Rei, e estudou — sem jamais se formar — odontologia, direito e veterinária. Mas eram as letras que o seduziam. Sua geração de literatos mineiros marcaria a nossa vida cultural: Fernando Sabino, Otto Lara Resende e Hélio Pellegrino foram seus amigos de toda a vida.

Mudou-se para o Rio em 1945. Em 1951 publicou *A palavra escrita*, seu livro de estreia na poesia. Pode-se dizer que Paulo Mendes Campos foi um dos grandes escritores da era que transformou a crônica — esse texto mais leve, descendente do *essay* britânico e do folhetim — em gênero clássico das nossas letras.

Escritas para veículos tão diferentes quanto a revista *Manchete*, o *Diário Carioca* e o *Jornal do Brasil*, e mais tarde reunidas pelo próprio autor, as crônicas de Paulo Mendes Campos continuam atuais em sua bem-dosada mistura de humor, observação social e fabulação.

Paulo Mendes Campos faleceu em 1991, no Rio de Janeiro.

LYGIA FAGUNDES TELLES nasceu em São Paulo, em 19 de abril de 1923, mas passou a infância no interior do estado, onde o pai, o advogado Durval de Azevedo Fagundes, atuou como promotor público. A mãe, Maria do Rosário de Azevedo (a Zazita), era pianista. Começou a escrever durante a adolescência, quando recebeu o incentivo de grandes amigos, os escritores Carlos Drummond de Andrade, Erico Verissimo e Edgard Cavalheiro. Lygia estudou direito e educação física antes de se dedicar exclusivamente à literatura. Considerada pela crítica uma das mais importantes escritoras brasileiras, publicou seu primeiro livro de contos, *Porão e sobrado*, aos quinze anos. Contudo, mais tarde Lygia viria a rejeitar seus primeiros livros. *Ciranda de pedra*, de 1954, é considerada por Antonio Candido a obra em que a autora alcança a maturidade literária. Foi eleita para a Academia Brasileira de Letras em 1985 e em 2005 recebeu o prêmio Camões, o mais importante da literatura de língua portuguesa. Teve suas obras publicadas em diversos países, adaptadas para a TV, o teatro e o cinema, e vive atualmente em São Paulo. Os contos desta antologia foram retirados do livro *Seminário dos ratos* (Companhia das Letras).

Nascido em Manaus em 1952, MILTON HATOUM estudou arquitetura, antes de migrar para o mundo das letras e virar um autor aclamado e muito premiado. Estreou na ficção em 1989 com o romance *Relato de um certo Oriente*, seguido de *Dois irmãos* (2000) e *Cinzas do Norte* (2005), os três ganhadores do prêmio Jabuti de melhor romance e publicados em diversos países. Depois vieram ainda *Orfãos do Eldorado* (2008) e *A cidade ilhada* (2009), volume de contos, de onde foram retirados os dois presentes nesta antologia. *Cinzas do Norte* recebeu também os prêmios Bravo!, APCA e Portugal Telecom. Milton ensinou literatura brasileira nas universidades do Amazonas e da Califórnia, em Berkeley, nos Estados Unidos. Hoje vive em São Paulo e se dedica exclusivamente à carreira de escritor. Ele tem um site: <www.miltonhatoum.com.br>.

DANIEL GALERA nasceu em 1979, em São Paulo, mas passou a maior parte da vida em Porto Alegre. Foi um dos criadores do selo editorial Livros do Mal, pelo qual lançou o volume de contos *Dentes guardados* (2001) e a primeira edição de *Até o dia em que o cão morreu* (2003). Pela Companhia das Letras, além da nova edição de *Até o dia em que o cão morreu*, publicou os romances *Mãos de Cavalo* (2006) e *Cordilheira* (2008), e a graphic novel *Cachalote* (2010), que fez em parceria com Rafael Coutinho. Tem livros lançados na Itália, na Argentina e em Portugal, e diversos textos adaptados para teatro e cinema. Após breves passagens pelo jornalismo e pela produção de conteúdo para sites, hoje dedica-se a escrever e traduzir obras de literatura e quadrinhos. O conto "Laila" foi retirado da antologia *Geração Zero Zero* (Língua Geral).

1ª EDIÇÃO [2012] 4 reimpressões

ESTA OBRA FOI COMPOSTA POR ACOMTE EM
BERLING E IMPRESSA PELA GRÁFICA BARTIRA EM OFSETE
SOBRE PAPEL PÓLEN SOFT DA SUZANO S.A. PARA A
EDITORA SCHWARCZ EM FEVEREIRO DE 2021

A marca FSC® é a garantia de que a madeira utilizada na fabricação do papel deste livro provém de florestas que foram gerenciadas de maneira ambientalmente correta, socialmente justa e economicamente viável, além de outras fontes de origem controlada.